沈黙の誓い

crossing

池田久輝

ハルキ文庫

角川春樹事務所

沈黙の誓い

crossing

池田久輝

ハルキ文庫

角川春樹事務所

沈黙の誓い

crossing

1

短いけれど、急勾配《きゅうこうばい》の坂だった。

安城友市《あんじょうゆういち》はその上り口に立ち、坂を見上げていた。

朝方に霜が降りたのか、アスファルトが濡《ぬ》れている。そこに三月の太陽が反射していた。穏やかな光であるはずなのに、何故《なぜ》か目を突き刺す。思わず顔を背けたくなるほどだった。

小脇《こわき》に抱えていたマフラーが足元に落ちていた。いつ滑らせたのか、まったく気付かなかった。

かがんで拾い上げると、軽く眩暈《めまい》がした。ここを上るのかと思うと、うんざりする自分がいる。友市は小刻みに首を振り、じっと坂の上を見つめた。

その先には――兄の墓があった。

兄が亡くなって七年が経《た》つ。

兄は雨で増水した川に落ち、命を落とした。制服のままで。

遺書はなく、また事件性も認められなかったため、事故として判断された。それゆえ、背景や経緯を詳しく調べられることはなかったし、大きく報道もされなかった。

兄がどうしてそんな場所にいたのか、その理由はまだ分かっていない。兄は何一つ残さなかった。

兄はまだ二十五歳で——警察官だった。

当時大学二回生だった友市は両親を連れ、兄が所属していた七条署《しちじょうしょ》を何度も訪ねた。そして、事故の経緯を調べて欲しいと嘆願した。

しかし、署の刑事や職員らは一様に首を横に振り、悔みの言葉を並べるだけだった。

「事件ではないから捜査はできない」

それが決まり文句だった。

更に強引に兄の同僚を当たり、粘り強く情報を聞き出そうとすればできたのかもしれない。だが、それだけの気力が持続しなかった。特に母親の悲しみは深く、我を失うほどに悄然《しょうぜん》としていた。

そんな母親が見るに堪《た》えなかった。急《せ》き立てることが罪であるような気にさえなった。

結果、友市の足は次第に署から遠ざかってしまった。

それでも、残された家族の一致する願いは、兄の死について事実を知りたいということだった。

坂を上りながら、きつく目をつむる。

そう、だから兄の墓で誓ったのだ——誰《だれ》も教えてくれないのなら、自らの手で事故の背景を明らかにすると。そして毎月、必ず経過報告にやって来ると。

しかし、いつの間にか、その決意に縛られている自分に気付いた。特に七回忌を終えてからは、それが如実《にょじつ》に感じられるようになった。

兄のことを忘れた訳ではない。もちろん、今でも悲しい。当たり前だ。実の兄を亡くしているのだから。

それでも、心のほんの片隅に、億劫《おっくう》だと思い始めている自分がいることも、また事実だった。七回忌の法要が済み、ほっと安心しているのかもしれない。兄の死について、一区切りついたと整理できるようになったのかもしれない。

だが、友市は何となく分かっていた。あの決意が揺らぎ始めていることを。日常の忙しさや慌しさに侵食《しんしょく》され始めていることを。

友市はそんな自分が嫌いだった。

坂を上り切ると、呼吸が乱れていた。

墓の数は百もない。数少ない檀家《だんか》のために、地元の寺が無理に作った墓地、といったところだろうか。

通路を挟んで、その両側に墓が五列並んでいる。左の一番手前の列に兄は眠っていた。

と、ふらつく友市の足がぴたりと止まった。

――まただ。

友市の視線の先に、色鮮やかな塊があった。

花束だった。両脇の供花台《きょうかだい》ではなく、墓石の前に置かれている。

そして同時に、今日が偶然「二十日」であることにも気付かされた。

兄の月命日。

周囲を窺《うかが》った。友市以外に誰もいない。人の気配すらもなかった。

兄の墓に駆け寄り、花束を拾い上げた。薄いピンク色の中に、アクセントとして白と黄色が映えている。どの花も名前は分からなかったが、いずれも花弁が鮮やかで瑞々《みずみず》しい。

——誰が毎月この花束を？

花束が供えられるようになったのは、兄がこの墓に眠って間もなくだった。

当初は両親だろうと考えていた。両親は寺からほど近い京都市伏見《ふしみ》区に健在であるし、また、毎月供えているのだから、二人以外にあり得ないとも思っていた。もっとも、それにしては供花台に挿されていないことが不思議ではあったのだが。

それは翌月も、その翌々月も続いた。

さすがに不審に感じ、その場で母親に確かめたこともあった。母親は電話口で疑問を覗《のぞ》かせ、「お兄ちゃんのお友達でしょ」と答えた。

友達が毎月欠かさず墓参りに来るとは思えなかったが、口にしなかった。少々気味悪く感じながらも、せっかくだからと供花台に花束を足したのだが……。

それにしても、一体、誰が？

まだ大学生だった友市は、その贈り主の正体を確かめようとした。空いた時間に何度か墓へ行った。それでも、月命日である二十日の朝には、兄の前に花束があった。

分かったのはそれだけだった。

友市はいつしか、この謎《なぞ》の人物を追うことを止《や》めた。兄と親しかった友人か恋人かが供えてくれているのだろうと思うことにした。そのうち判明するだろうと気楽に考えることにした。卒業後の進路はもう決めていたため、その準備も始めねばならなかった。警官になる準備を――。

色とりどりの花々で供花台は溢《あふ》れている。母親が午前中に墓参していたらしい。そこに、拾い上げた花束を無理に押し込んだ。

しばらくの間、弟として両手を合わせた。

そして、今度は同じ警官として敬礼した。背筋をぴんと張り、ゆっくりと頭を下げた。

「悪い、兄貴。まだ理由が分からない。でも、必ず……」

そう誓って七年。兄と同じく警官になって四年が経った。

覚悟を新たにすることで身が引き締まるが、同時に、いたずらに過ぎていく時間に虚《むな》しさを覚えもする。ここに立つ度、その思いは深まっていく。もう無理だ、諦《あきら》めよう、そんな弱気な言葉が出ないことだけが救いだった。

敬礼を終えると、見計らっていたかのように携帯電話が鳴り出した。

「はい、安城です」

「非番のとこ悪いな。今どこや？」

先輩である竹原保《たけはらたもつ》だった。

「私用で出ています。伏見区にいますが」

「ちょっと来られるか」

竹原の口調は明るいものだったが、どことなく重々しさが滲《にじ》んで聞こえた。何か事件が発生したに違いなかった。二年の付き合いで、それくらいは察せられる。

「現場はどこですか、竹原さん」

「いや、現場はええ」

友市は小走りに坂を駆け下りた。三台ほどしかスペースのない寺の駐車場に戻り、自身の車に乗り込んだ。

「詳細はまだ分からんのやが、何や騒動が起こってるみたいでな」

「騒動？」

「マンションで男が喚《わめ》いとるらしいわ。住人から通報があってな」

「何か事件に発展しそうな――」

「いやいや、それはないやろ。ただ、その喚いてる男が問題でよ」

「どういうことです？」

「宮本勝男《みやもとかつお》」

アクセルを踏もうとした足が止まった。その名前に聞き覚えがあった。

「確か、〈千本興業《せんぼんこうぎよう》〉の――」

「よう覚えてたな、安城。その通りや。〈千本興業〉のチンピラや」

いや、チンピラなどではなかったはずだ。強行犯係の友市の耳にさえ届いているのだ。それなりの地位にいることは間違いない。

〈千本興業〉は京都市下京《しもぎよう》区の西に事務所を置く暴力団であるが、規模は小さい。構成員も二十名前後で、細々と生き延びてきたような組織だった。

「それで、宮本はどうして騒いでいるんです？　自宅のマンションですか」

「いや、女のとこやな。扉をどんどん叩《たた》いて、開けろってよ」

「女が部屋に入れてくれないと」

「簡単に言うたら、そういうことやろな。おれもまだはっきりとは知らん。でも、まだ他にも騒いでる連中がおってな」

「は？」

「隣や。隣がえらいはしゃいでる」

隣というのは、同じ刑事課の組織犯罪対策係のことだった。通称〈組対《そたい》〉。暴力団や、それに類する組織を専門に捜査する係である。

竹原の話から、その組対の誰かが騒ぎ出し、強行犯係に口を出しているのだと想像がついた。

「宮本勝男となると、それはお隣さんも多少は色めき立つでしょう」

「たかが宮本ごときでって感じやけどな。それに、つまらん小競り合いをよう起こす男らしいし」

「そうなんですか？」

「これまでにも、何回か出動したって話を聞いたことがある」

「で、お隣さんは何と」

「殺しに発展する可能性も捨て切れんから、準備だけはしておけってよ」

「殺し？　怒った宮本が女を？」

「もしくはその逆やな。宮本が返り討ちにされる」

「まさか、それはないでしょう」

「まあな。とにかく、あとでごちゃごちゃ言われるんも敵《かな》わんから、おまえも署におってくれるか。形だけで構わん」

「分かりました。向かいます」

「おう、悪いな。ゆっくりでええぞ。別に緊急事態ってことやないから」

竹原はのんびりとした男だった。一八〇センチに近い長身が邪魔なのか、いつも首と肩を落として猫背気味で歩く。まだ三十代半ばというのに腹が出ており、横から見ると、何とも奇妙なシルエットを作っている。

だが、本人はまるで気にかけていないらしく、「このまま丸なって、転がれるようになったら楽なもんや」と、口癖のように語るくらいだった。

寺の駐車場をあとにした。

大通りに出るまでには細い道をいくつか曲がる必要があった。京都市内にはこんな路地が多いが、伏見区界隈《かいわい》もそれが顕著だった。

何度かハンドルを左右に切り、24号線に入った。このまま北上すれば、ＪＲ京都駅に出る。そこから更に北へ向かい、河原町《かわらまち》通を御池《おいけ》通まで進むと、その西側が河原町署だった。更にその西隣は本能寺《ほんのうじ》だ。

混んでいなければ、三十分も要しない。友市は思い切りアクセルを踏み込んだ。

2

――なかなかええマンションやな。

橋詰明《はしづめあきら》は眩《まぶ》しそうに上空を仰いだ。

西大路《にしおおじ》七条を少し北に上がったところにあるマンションだった。ざっと見たところ、八階建てくらいだろうか。

西大路通沿いには既に二台の警察車両が止まっており、野次馬も集まり始めていた。その群れを押し留《とど》めているのは、まだ若い制服警官だった。

両手を広げ、小刻みに動き回り、懸命になって整理に当たっている。時に声を張り上げ、時に頭を下げる光景は微笑《ほほえ》ましくもあったが、一方では悲しくも見えた。

警官がどうしてそこまで野次馬に配慮せねばならないのか。警官の無力さを痛感するのは、何も事件の最中ばかりではない。「うるさい」と一喝できれば、どれだけ楽だろうか。「そこをどけ」と拳《こぶし》の一つでも挙げられたら、どれだけ仕事がはかどるだろうか。

極端な感情かもしれないが、どの警官も大なり小なり、同じ思いを持っているはずだと橋詰は勝手に判断している。

橋詰は若い警官に「ご苦労さん」と声をかけ、マンションの玄関ロビーへと入った。まだ建てられて十年も経っていないという印象だった。清掃も行き届いているのか、大きな汚れらしきものも見当たらない。

俺んとこより上等やな――橋詰は額の汗を拭《ぬぐ》い、エレベーターのボタンを押した。間もなく、ケージの到着を知らせる機械音が鳴った。てっきり空だと思っていたが、鉄扉の向こうには、別の二人の制服警官の背中があった。

「おい、どないした――」

橋詰は口を開いたが、その言葉は途切れてしまった。二人の警官の奥にもう一人、男が乗っていたのだ。

「――宮本」

「ああ、橋詰さん」

騒動の張本人、宮本勝男がそこにいた。その姿を目にするなり、橋詰はちっと舌を打った。

「お前、しょうもないことで警官の手を煩わせんなよ、こら」

橋詰は宮本の胸倉《むなぐら》を捻《ひね》り上げ、ケージの中から引っ張り出した。両脇にいた警官たちがさっと左右に散った。逃走経路を塞《ふさ》ぐためだ。その辺り、なかなか慣れたものだった。

「上で話を聞いていたのですが」と、一人の警官が耳打ちをした。「大声を出すものですから、下まで連れてきました。住人たちの迷惑になりますので」

「上には誰が？」と、橋詰は天井を指差した。

「七条署の方が二人」

急いで署を飛び出して行ったのは吉井《よしい》だった。ならば、残りの一人は相棒の野間《のま》だ。

橋詰はじっと宮本を睨《にら》みつけた。吉井と野間がここに下りてくれれば、何かと面倒なことになる。その前に宮本をどうにかしなければならない。橋詰は背後の制服警官に悟られぬよう、宮本に目配せを送った。

宮本が小さく頷《うなず》く。

適当に聴取して、お前を逃がす——宮本はその意味を理解しているはずだった。

「車に乗れ」

橋詰は返事を待たずに背を向けた。ここで話を聞いてもよかったが、二人の制服警官の目がある。彼らの前で妙な態度をとる訳にはいかなかった。

こうなることを想定して、車はマンションの地下駐車場に止めておいた。地下ならば、人目を避けられる。

「お前、自分の立場を分かってんのか」

橋詰は声を押し殺しながら、背後に続く宮本に言った。

「分かってますって」

「ほんなら大人しくしとけよ、こら。お互い、危ない橋を渡っとる身や。しょうもないことで署に引っ張られて、探られたくない腹まで探られたらどうするねん」

「その時は橋詰さんが助けてくれるんでしょう?」

「あほか。毎回、助けてやれると思うな。今日はたまたま署におったからよかったものの、いつもこうやって現場に来られるとは限らん。それをよう肝に銘じとけ」

橋詰が振り返ると、宮本がちょこんと頭を下げていた。

「お前の女が住んでるんか？」

「ええ、まあ」

「俺の知ってる女は確か、烏丸《からすま》の方やったはずやが。お前、何人おるんや。弱小の〈千本興業〉にしては羽振りがええやないか」

「その女とはもう終わりましたよ。〈バタフライ〉の愛南《あいな》とは」

「そう、愛南や。そのけったいな名前がすぐに出てくるなんて、まだ未練があんのか」

宮本は小柄な男だった。一八〇センチの橋詰よりも頭一つ分ほど低い。短く刈り込んだ坊主頭に、黒縁の眼鏡をかけている。一見すると、学者のように見えなくもないが、ジーンズに白いTシャツ、その上に真っ赤なベストでは、売れない画家の休日といった感もなくはなかった。

「今度はどこの女や」

「今度も祇園《ぎおん》ですよ。〈バタフライ〉とは違う店ですけど」

「名前は？」

「〈スターライト〉のカノン」

「カノン？　外人か？」

宮本は大袈裟《おおげさ》に肩を竦《すく》め、「まさか、日本人ですよ」と言った。

「源氏名《げんじな》に決まってるでしょう」

「あほか。誰が源氏名を訊《き》いてんねん。本名は何や」

「知りません」

「知らんやと？　お前の女なんやろが」

「あいつがその方がええ言うもんで。オレも別に名前なんて気にしませんし。源氏名やろうが、本名やろうが、そんなものはどっちでも」

そう言って、宮本は坊主頭をざりざりとかいた。

橋詰はジャケットからタバコを取り出し、苦々しく火を点《つ》けた。二人の間にあるのはどうせ金だ。そこに愛や情などはなく、名前までも必要ないらしい。

「いつからの付き合いや」

「半年ほどです」

「ほな、半年も経ってんのに、お前が部屋の外におったんはどういうことや。合鍵《あいかぎ》持っとんのやろ」

「いいえ、持ってませんよ」

「何やと？　ここの部屋、お前が与えてやったんと違うんか」

「違います。ここはもともとカノンが住んでた部屋です。まあ、合鍵をくれとは言うたんですけど……」と、宮本が首を左右に振った。

「お前、それで納得したんか？　無理にでも奪わんかったんか」

「手を上げて、ですか。オレ、そんなことしませんって。そんな男が次々と女を作れますか？」

　それは宮本の言う通りであった。服装は少々派手だが、外見はどこにでもいるような普通の三十五歳の男だ。それが何故か、女を切らしたことがないというのだから不思議だった。店ではひどく優しいのか、男には分からない魅力を備えているのか。

　ブランド品のスーツで着飾ったり、じゃらじゃらとネックレスをぶら下げたりしない点はヤクザらしからぬ印象だが、黒縁眼鏡の奥に覗く細い目は鋭く、油断ならない。

「橋詰さん」と、宮本が言った。「要はそれだけ真剣やってことです。合鍵を渡されんでも、約束をすっぽかされてもね」

「何を言うとんねん。結果、部屋の外で騒いで大事になっとるやないか。警察沙汰《ざた》になる前に自制できんかったんか。お前、そこまであほやないやろ」

　橋詰は宮本に向かって紫煙を吐きかけた。宮本は避《よ》けようともしなかった。

「で、カノンは中におるんか。居留守か」

「さあ」

「携帯電話は？」

「かけました。でも、つながりません」

「部屋の中から鳴らんかったんか」

「ええ。あいつ、固定電話は持ってへんので」

「ほな、ほんまに留守なんやろ」

橋詰の視界に、壁面に貼《は》られた「地下駐車場内禁煙」というプレートが入ったが、気付かぬ振りをした。

「宮本、ちょっと財布出せ」

「え？」

「財布を出せ言うとんのや」

「な、何ですか、いきなり」

「ええから早《は》よせえ」

橋詰は一歩詰め寄り、低い声を響かせた。

宮本は仕方なくといった感じで、尻《しり》のポケットから財布を取り出した。ヴィトンのものだった。

橋詰は強引にそれを奪い取り、中の紙幣を全部抜いた。

「ちょ、ちょっと――」

取り戻そうとする宮本の右手をはねのけ、橋詰は握っていた紙幣を自身のジャケットに押し込んだ。

「今日の迷惑料や」

「それはあんまりや、橋詰さん。やり方がひど過ぎるんやないですか。毎月の分、きちんと納めてるでしょうが」

「逃がしてやるんや。文句あるか」

「文句は山のようにありますけどね」と、宮本が唇を舐《な》めた。「まあ、ええですわ。たかが五万程度で、ごちゃごちゃ言うんも何ですし」

「おう。ヤクザやったら見栄《みえ》を張らんとな。お前の乗っとるベンツみたいに」

「そんなはした金でベンツに乗れませんて」

「さっさと行け。上の刑事が下りてこんうちにな」

宮本はまたわざとらしく肩を竦めて見せた。その余裕が気に食わなかったが、とにかく長居は無用だった。

橋詰は宮本を置いて先に地上に出た。野次馬の数はまるで減っておらず、逆に増えている。先の制服警官が変わらず声を張り上げ、両手を伸ばして制している。まだ二十代半ばくらいだろう。真っ直《す》ぐで澄んだ目が橋詰の胸を熱くさせた。自分にもこんな時があったと懐かしむ性質《たち》ではないが、少なくとも羨《うらや》ましく思えた。しっかりと自分の責務をまっとうする、そんな想《おも》いが視線から溢れ出ている。

だが、その目はあと数年もすれば濁り始める。あまりにも窮屈過ぎる警察組織に押し潰《つぶ》される。これが警官のあるべき姿かと、自問自答を繰り返す日々もそう遠くはない。そして、やがては橋詰のように……。

橋詰は唇を嚙《か》みながら、マンションの玄関ロビーに入った。先程の二人の制服警官が侵入者を防ぐような形で脇を固めていた。

「表の野次馬の整理、手伝ってやれ」

橋詰は二人にそう促した。彼らは不思議そうに目を合わせたが、すぐに表へと出て行った。

橋詰はジャケットから、小さな祝儀袋を三つ取り出した。百円均一店で購入した安物である。宮本から奪った金を一万円ずつそれぞれに入れ、野次馬が騒ぐ中へと戻って行った。そして、三人の制服警官のうち、年長者らしき者を歩道の隅へ呼んだ。

「お前、名前は？」

「成瀬《なるせ》です」と、男が答えた。

「これ、本部からや。お前ら三人に渡すよう頼まれてな」

言って、橋詰は三つの祝儀袋を成瀬に手渡した。裸で札を忍ばせるのはあまりにも露骨過ぎる。

「府警本部からですか？」と、成瀬が目を見開いた。

「頑張っとる警官に渡してくれってよ」

もちろん、そんな依頼などないし、制度ができたのでもない。橋詰自身、若く勤勉な警官を前にすると、何かせずにいられないのだった。これくらいの褒美がなければ、警官などやっていられない。

ある意味では、橋詰の勝手な押しつけである。必ずしも、相手が望んでいるとは限らない。しかし、彼らの愚直さが報われないのはどうしても許し難かった。

一般市民に頭を下げつつも、真面目《まじめ》に任務に当たっている警官は報われなければならない——その思いが根強い。

だが、既に昇進を諦め、未《いま》だ巡査長の階級にある橋詰には、何もしてやれることがなかった。橋詰にできることは、こうした正規ではない報償金くらいだった。たとえそれが、汚い金であったとしても——。

「ええか、府警本部からや」

更に繰り返した。成瀬は迷っているようだったが、橋詰は強引に制服のポケットに押し込んだ。

あとは成瀬の判断に任せる。まさか、府警本部に問い合わせるような真似《まね》はしないだろう。そんなことをすれば、成瀬自身の評価が下がる。

「三人分や」

橋詰は成瀬の肩を叩き、残りの二人の警官を指差した。

成瀬は曖昧《あいまい》に頭を下げ、「有難うございます」と答えた。

これをきっかけに、俺《おれ》みたいな刑事になることはないやろう……。

成瀬の真っ直ぐな視線に見送られ、橋詰はまた地下へと歩いた。その視界の隅で、こっそりと抜け出す宮本のベンツを確認し、橋詰はにやりと笑った。

3

いつもの通り、河原町署は慌ただしかった。管内には繁華街である河原町や木屋町《きやまち》、先斗町《ぽんとちょう》も含まれており、騒動には事欠かない。今現在も一台のパトカーが出て行くところだった。友市は邪魔にならないよう、駐車場の端に車を止め、玄関ロビーへと入った。

「お、早かったな」

竹原が自動販売機で缶コーヒーを買っていた。彼は続けてコインを投入し、「何にする?」と訊《たず》ねた。

「ああ、同じもので。あの、こんなところで休んでいていいんですか」

「構わんやろう。まだ、うちが動くような事態にはなってへん」

竹原は缶コーヒーを友市に放《ほう》り投げ、「ちょっと出よか」と外へ誘った。タバコが吸いたいらしい。署内はすでに禁煙になっている。

「その後の進展は？」

友市は竹原の背中に訊ねた。

「何にも。隣の連中は何人か飛び出して行ったけどな」

「でも、何か変ですよね。宮本は女の部屋の前で騒いでいるんでしょう？　合鍵を持っていないんですか」

「さあな。女の方が鍵自体を交換したんかもな。宮本を入れんように」

「ああ、なるほど」

「なかなかやるもんや。チンピラを締め出すなんて肝が据わってる」

「でも、ちょっと騒ぎ過ぎじゃありませんか。部屋の前で怒鳴っていたくらいで、わざわざ署に引っ張るなんて」

駐車場の一角に置かれた灰皿には、既に吸殻の山ができていた。喫煙スペースと呼べるような仕切りはなく、ただ灰皿だけがぽつんと野ざらしになっている。

刑事たちの大半はここで情報交換を行う。この吸殻を目にする度、いっそのこと、ここを会議室にすればよいとさえ友市は思う。

友市は喫煙者ではないが、この灰皿の重要性を認識してからは、常にジャケットのポケットにタバコを忍ばせておくようになった。「一本どうぞ」と手渡せば、他の課や係の刑事からも色々と有益な話を聞き出せた。事件に関することも、署内の噂《うわさ》も。それを教えてくれたのは竹原だ。

「隣もうちも忙しいはずなんやけどな」と、竹原がタバコに火を点けた。「まあ、無理矢理にでも連れてきて、何かしら情報を聞き出そうって魂胆と違うか。〈千本興業〉絡みの案件が別にあるんかもしれん」

「竹原さんは宮本を知っているんですか」

「何回か顔を見たって程度やな」

竹原が缶コーヒーのプルトップを引いた。そして、おもむろに「私用って何やったんや？」と訊ねてきた。

一瞬、身構えた。兄の墓が脳裏に浮かぶ。

竹原は兄のことを知っているのだろうか。

友市は兄のことを誰にも告げていなかった。もちろん、警察官になった時点で身辺調査が行われ、上層部は把握しているに違いなかった。それが竹原に下りてきている可能性を考えたが、彼の大きな二重の目を見る限り、否《いな》と判断した。

警察組織に属している限り、いずれ広く知られるだろうと覚悟はしている。だが、竹原にだけは漏れる前に自ら打ち明けたい。それだけ世話になっている。しかし、未だそのタイミングが見出《みいだ》せずにいた。

「答えたくなかったら別にええ」

「いえ、ちょっとドライブを」

「ふうん」と、竹原は大きく伸びをした。

友市が竹原を信用している一つの理由は、こういうところにあった。こちらが答えを渋れば、それ以上は深く訊ねてこない。刑事たちは職業柄、欲しい回答を得られるまで質問し続ける。だが、その中でも竹原は、相手の心情に配慮できる数少ない刑事の一人だった。

「しかし、面倒なことになったら敵わんな」

吸殻を山の頂点に加え、竹原がぼそっと言った。

「面倒って、お隣さんが言っていたような――」

「せや。うちにも出番が回ってくるような事件に発展したら困る」

「そこまでなりますかね」

「どうやろ。でも、宮本を締め出すような女やから、何か裏がありそうな気もするけど」

竹原は決して仕事に熱がないのではない。のんびりとした自然体の刑事であるが、その本分はきちんと理解しているし、自らを律することのできる男でもある。だからこそ、友市は竹原を慕っている。

「さて、事件にならんことを願って、もうちょっとましなコーヒーでも飲みに行こ」

竹原は片手に缶コーヒーを持ったまま、体を震わせた。

「え、待機しなくていいんですか？」

「だから、喫茶店で待機や。こう寒いと、暖かいとこ行かなやってられん」

「あとで係長に怒鳴られても知りませんよ」

「心配するな。ちゃんと言うてきてある。何か進展があれば呼んでくれって」

竹原が大股《おおまた》で歩き始めた。

友市は目の前で揺れる猫背を見つめながら、竹原の意図を考えていた。竹原は最初から、こうして外へ出るつもりだったのだ。だから、わざわざロビーで待ち構えていたのだ。

「他の用件なんですね？　僕を呼んだのは宮本の件ではなく――」

「まあな」と、竹原はあっさりと答えた。「もちろん、宮本のこともある。隣が騒いでるんも事実や。万が一の場合、うちもそれなりに人を出して格好つけんと。けど、それだけやない」

「え？」

竹原がふっと足を止め、急に振り返った。

「また届いた――おまえ宛《あ》てでな」

友市の体が瞬間的にびくんと跳ね、硬直した。

「また……ですか」

「これで何通目や？」

った。

「おれが見る限り、同じ筆跡やな」

竹原が尻のポケットから一通の封筒を抜き出した。友市も見覚えのある真っ白なものだった。

竹原のもとに歩み寄り、受け取った。

すぐに宛名を確かめる。〈安城友市様〉となっていた。宛先は河原町署の住所だ。筆ペンで書いたような達筆な文字が躍っていた。

間違いない。竹原の言う通り、筆跡はこれまでのものと同じである。以前の二通は竹原にも見せていた。

八十二円の切手が貼られており、消印は京都市北区。裏面に差出人の名前はない。綺麗《きれい》に封がされている点も含め、これまでの二通と違いはなかった。

「中には何と？」

「おまえ宛の封書や。勝手に見んよ」

竹原は新たにタバコを咥《くわ》え、楽しそうにまた背を向けた。「今回は誰の名前やろな」と言い残して。

友市はその場で足を止めたまま、深く息を吐き出した。

この白い封筒が届くようになったのは一年半前、友市が河原町署刑事課に配属になって、およそ半年後のことである。

中に入っているのは、何の変哲もないコピー用紙が一枚だけだ。過去二通はそうであったし、持った重量感からもそれと分かる。

そこには文面は違えど、たった一行だけが記されている。一つの名前だけが。

今回も同じだろうか――。

竹原はもう通用門を出ようとしていた。決して急かすような真似をせず、友市が一人になれるよう配慮も忘れない。こういう気遣いが有難かった。

改めて封筒を見つめた。墓に手を合わせた同日に、封書が届いたのは初めてのことである。偶然かどうか分からないが、何かしら奇妙なつながりを感じずにはいられなかった。

そう、一通目の封書が届いた時から、胸の片隅でずっと感じていたのだ。

もしかしたら――この封書を送ってくる人物と、兄の墓に花束を供え続ける人物は同じなのではあるまいか。そんな気がしてならない。花束を目にした今日は特に。

竹原の姿が消えていた。喫茶店は署の南側にある。恐らくはもう、腰の曲がり始めた初老のマスターと談笑していることだろう。

あとを追うかどうか迷った。こんなところに立っているのも不自然だった。

と、一台の車が門を通り、友市の横で停車した。見覚えのある古びた小型車だった。

「何してんねん、こんなとこで」

窓を下げ、運転席から顔を出したのは、先程話題になっていたお隣さん、組対の橋詰明だった。

「事件でもあったんか」

「いえ、組対の方から、待機しておくよう要請があったみたいで」

「うちから？」

「〈千本興業〉の宮本が暴れているとか」

橋詰は鼻を鳴らし、「そんなもん放っておいたらええ」と吐き捨てた。

「お前らが出るまでもないやろ。宮本はしょっちゅう騒いどるからな。いちいち気にしとったら体が持たんぞ」

「で、落ち着いたんですか、騒動は。てっきり、宮本を引っ張ってくるのかと」

「何でや」

「この騒ぎを利用して、〈千本興業〉の情報を訊き出すつもりではと、竹原さんが」

橋詰は竹原よりも一回りほど先輩だった。あちこち異動を繰り返している古株で、その異動の分だけ黒い噂もついて回っていた。中には「未だに刑事でいられるのが不思議だ」というものもあり、組対を渡り歩いてきた点を併せて考えると、ヤクザとの関係は想像に難くない。

友市はじっと橋詰の四角い顔を見つめた。

その黒い噂を確かめようというのではない。友市が河原町署に配属になったのは二年前である。その時点で、橋詰は既に署にいた。ほとんど口を利いたことがないし、係も異なる。とても経歴など訊ねられるような間柄ではない。

だが、妙に橋詰のことが気になっていた。この河原町署で出会って以来、友市の記憶がゆっくりと動き出したのは事実だった。

どこかで見た覚えがある……と。

「俺の顔に何かついてるか」と、橋詰が言った。

「あ、いえ、何でも……」

「お前、安城って名前やったな」

「え？　ああ、はい」

「珍しい名前やな。どこの出や」

「両親も私も、生まれは関東ですが」

「ふうん、だから標準語なんやな。いつこっちに来た？」

「小学生の時ですね」

「へえ、それでも関西弁に染まらんかったんか。なかなかの頑固者や」

「頑固とかそういうことではなく、家族が標準語でしたから」

「ほうか」

しばらくの間、視線がぶつかった。組対の刑事たちの顔と名前はすべて把握しているが、こうして他愛《たわい》のない会話を交わすような関係ではない。別にいがみ合ってはいないが、強行犯係との間には一線が引かれている。そのせいだろうか、橋詰とのやり取りにはちょっとした違和感があった。

「とにかく、宮本の件なんか放っておけ」

橋詰はそう言い残してアクセルを踏んだ。

走り去って行く車を見送りつつ、友市は橋詰の顔を思い描いていた。

——やはり、あの時だろうか。

右手から缶コーヒーが地面に落ちた。竹原からもらったまま、まだ開けていなかった。

左手には、同じく竹原から渡された例の封筒がある。友市はじっと封筒を見つめたあと、その場で封を切った。

中に入っていたのは予想通り、一枚の紙だった。

——今度は誰だ？

三つ折りにされた用紙を開く。

そこには〈柴崎昌《しばさきまさる》〉と記されていた。

暴行を受け、病院のベッドに臥している柴崎宏司《こうじ》の兄の名前だった。

——やはり、兄が犯人だったのか。

友市は小さく呟いた。

4

トイレの個室から出た橋詰の前に、二人の男がいた。どちらも目尻を震わせ、歯を軋《きし》らせている。今にも飛びかかってきそうな気配を発散させていた。

同じ組織犯罪対策係の吉井と野間だった。

「どういうことですか、橋詰さん」

吉井が吐き捨てた。

「どうって何がや」

「宮本のことに決まってるでしょうが」

今度は野間があごを突き出す。

「宮本がどうかしたんか」

「逃げましたよ」と、吉井が言った。「橋詰さんのせいですか」

「宮本を連れて地下駐車場に下りたそうですね」と、野間が続ける。「野次馬の一人が見ていました」

「だからどうした？」

「どうした？　あんた、自分のやったことが分かってるのか」

吉井の口調が変わった。吉井は巡査部長の階級にある。巡査長である橋詰よりも一つ上だ。

「吉井、偉そうな口を利くやないか」

「あんたは犯罪者を逃がした」

「あほ抜かせ。どこに犯罪者がおるねん。たかが女の部屋の前で喚いただけやろう。それが罪か」

「当たり前だ。立派な迷惑行為だ」

「お前ら、それで宮本を引っ張ってきて、どうするつもりや。え？　住人から被害届でも出てんのか。どうせすぐに釈放やろが。宮本も馬鹿やない」

吉井が一歩踏み出し、詰め寄ってきた。

「あんた、宮本とつながってるんだろう？」

「はあ？」

「噂を聞いたぜ。いくらもらっている？　言ってみろよ」

「吉井、金が欲しいのか」

「ふざけるな！　ヤクザにたかるなど、刑事のすることか。あんたと一緒にするな」

「ヤクザ一人を捕まえられんくせに、でかい口を叩くな。もっとも、お前らでは宮本の相手にならんけどな」

「何だと？」

「お前らよりも、宮本の方が一枚上手やと言うとんのや」

「――あんた、いつか潰してやる」

それが吉井の捨《す》て台詞《ぜりふ》だった。

トイレを出る際、吉井は傍らにあったバケツを蹴《け》り、野間は個室のドアを殴ることを忘れなかった。あまりに滑稽《こっけい》な脅しだった。

吉井も野間も熱意はあるようだが、見かけだけだというのが橋詰の見解だった。階級を意識しつつも、その階級を上げるだけの気概がない。かといって、刑事として優秀かと問われれば、十人並みだと答えざるを得ない。そのくせ、手帳の権威だけは利用する。どう考えても、先程西大路のマンションで会った制服警官たちの方が真っ直ぐで、胸を打つものを持っていた。

橋詰は舌を打ち、トイレを出た。自分のデスクに戻る気がしなかった。橋詰は上着のポケットに両手を突っ込み、玄関ロビーへと階段を下りた。

ふと携帯電話を見ると着信があったらしく、留守番メッセージが一件残されていた。宮本からだった。

「さっきはどうも」

それだけだった。だが、たとえ金でつながった関係であっても、こうしてきっちり礼を寄越《よこ》すあたり、ついつい情が湧いてしまう。仁義か何か知らないが、貸し借りにはうるさい男だ。そして、あの五万円に関して一切触れない礼儀も弁《わきま》えている。

橋詰はとっくに昇進を諦めているが、決して惰性《だせい》で刑事を続けているのではない。胸の奥底では、あの制服警官たちと同じような光を灯《とも》している。あるいは、灯し続けていると信じている。

しかし、そんな一人の刑事として、吉井や野間よりも、宮本の方が可愛《かわい》く思えるのは不思議であったし、同時に、少々歪《ゆが》んでいるとも感じずにはいられなかった。

メッセージを削除し、宮本に電話を入れた。

宮本はまた「ああ、さっきはどうも」とすぐに応答した。

「今話せるか」と、橋詰は切り出した。

「カノンのことですか」

「おう。周りにチンピラはおるか。おるんやったら人払いせえ。喋《しゃべ》りづらいやろう。お前が振られた話やからな」

「余計なお世話です」と、宮本が言った。「で、カノンの何を。本当に本名は知らんのですけどね」

「年は?」

「二十二、三やないですか」

「学生か?」

「ほんまかどうか分かりませんけど、大学生や言うてましたね。で、アルバイトで水商売やって学費を稼いでると」

「ほう、なかなか健気《けなげ》やないか。このご時世で珍しい」

「それがそうでもないんですよ。一昔前は遊ぶ金欲しさに水商売をって娘がほとんどでしたけど、今は真面目な娘が多くてね。学費のためとか、留学したいからとか。やっぱり不景気なんですかね。親に余裕がないようで」

「へえ。でも、ヤクザに囲われるんは変わってへんのやな」

「変わりましたよ。まさか、大学生に入れ込むとは夢にも思ってませんでしたから」

「えらい正直やないか。部屋から締め出されたくせによ」

「それだけ惚《ほ》れてるってことですよ。だから、前の女とも別れたんです。橋詰さんも知ってる愛南とは」

　宮本の前の女、愛南は典型的なホステスだった。あっさりとした顔立ちだが、むせるほどに香水を皮膚に染み込ませていた。

　宮本の言葉から察するに、カノンはこれまでとはまったく違ったタイプであるらしい。

名前も年も知らされず、おまけに合鍵も持たされていない。それでも関係を続けているのは、彼女が宮本の欲する何かを持っているということだろうか。宮本に有無を言わせないような何かを。

俄然《がぜん》、カノンに対する興味が湧《わ》き起こってくる。大学生でありながら、何故ヤクザの女などになったのか。単に金目当てなのか、それとも他に――。

「宮本、カノンの写真は持ってんのか」

「ありませんね。写真が嫌いみたいで」

「はあ?」

「まあ、ヤクザと一緒に映りたがる女なんて、そうはいないってことでしょう」

「徹底しとんな。それで、お前は納得したんか」

「もちろん」

「らしくないやないか。怒鳴らんのか」

「そんなことしませんって。嫌われるやないですか」

「お前、言うてることが滅茶苦茶やな。嫌われたくないんやったら、何でさっきマンションで騒いどったんや」

「あれは……まあ、ちょっと」

宮本が口を濁した。かっとなった自分を後悔しているといったところか。とにかく、こうして語ることができるくらいには頭が冷えたのだろう。

「まあええわ。知らんのやろうけど、一応訊いておく。カノンはどこの大学生や」

「さあ。京都の大学やと思いますけど」

「〈スターライト〉はどこにある？」

「祇園の花見小路《はなみこうじ》」

「宮本、今日は顔を出すなよ。俺がおるからな」

「橋詰さん、何しはるつもりですか？」

「カノンに会いに行くに決まってるやろが」

「勘弁してくださいよ」

宮本は急に声を落とし、「頼みますよ、ほんまに」と続けた。あまり耳にしたことのない口調だった。普段の演技がかった調子が消えている。

「心配すんな。捜査やない。刑事やなくて一個人として行く。お前にそこまで言わせる女や。一度顔を見てみたい。お前との約束をすっぽかした根性も確認しておかんとな」

宮本のため息が届いた。どう言ったところで橋詰が引かないことは宮本も分かっている。

「橋詰さん、ほんまに個人として行かはるんですね？　絶対に刑事やと明かさんといてくださいよ。刑事に睨まれたヤクザなんて格好がつかん。これでカノンと別れたら、一生恨みますからね」

橋詰は「分かった」と電話を切ったが、宮本の真剣な声に戸惑いを隠せなかった。

変わった男や――つくづく思った。カノンについて何一つ知らないまま、それでも想いを寄せるなど、まるでガキの恋愛だ。いや、そもそも恋愛と呼べる代物なのか。三十を越えたいい大人として、しかもヤクザのあり方として、どうしても違和感が拭えなかった。

陽《ひ》はもう傾き始めている。腕時計を見ると、午後六時になろうかという頃《ころ》だった。人気のない署の玄関ロビーのソファーに座り、タバコを咥えた。まだ書類仕事が残っていたが、橋詰の心は既に花見小路へ飛んでいた。

今日の報告書に関しては、吉井と野間が嬉々《きき》として書いていることだろう。橋詰のせいで宮本を連行できなかった、と。

何とでも書けばいい。何なら、例の噂について言及しても構わない。宮本に金を要求した時点で腹はくくっている。決して私腹を肥やすための金ではない。すべては、これからの警察組織を支える若い刑事や警官たちのためだ。汚い金であっても、彼らならば希望という光で美しく輝かしてくれるに違いない――橋詰はそう信じている。

と、そこに階段を下りてくる足音が聞こえた。ゆっくりした足取りで、まるで何かを確かめているかのようでもあった。

姿を見せたのは一人の制服警官だった。

「おう、ご苦労さん」と、橋詰は軽く手を挙げた。

男はそれに応《こた》えるように敬礼し、おもむろに口を開いた。

「あの……あなたが橋詰刑事でしょうか」

「ああ、そうやが」

「先程、宮本勝男の件で西大路のマンションに来ておられた――」

橋詰はじっと目を凝らした。

「あ、お前――」

あのマンションの前で、懸命になって野次馬の整理に当たっていた制服警官だった。

「これ、お返しします」

男はポケットから小さな封筒のようなものを取り出した。成瀬という制服警官に渡した祝儀袋だった。

「おう、ちゃんともろたんやな。三人分や言うて渡したんや」

「受け取れません。お返しします」

男はきちんと両手を揃《そろ》え、祝儀袋を差し出した。

「何でや。府警本部から出た報奨金やぞ」

「いいえ、違います」

「違わへん。もらっとけ。はした金や」

「金額の問題ではありません。それに、そんな制度もないはずです。いえ、あるにしても、私たちには該当しません。事件を解決した覚えもありません」

——真面目な男やな。

改めてそう思った。あのマンションの前での懸命な様子からも察せられたが、こうして男を前にすると、更に実直さを感じずにはいられなかった。

澄んだ目をしている。目尻がやや垂れ下がり、全体としては優しげな印象を与えるが、そこはやはり警官である。制服の上からでも、鍛えられた体軀《たいく》が窺える。

「ほんまにいらんのか？　あんなに頑張っとったのに」

「——はい」

男が大きく頷いた。何の迷いもないらしい。自分は潔癖な警官でありたい、そんな想いが滲み出ている。

「ええやろう。分かった」

祝儀袋を受け取ると、二つ重なっていることに気付いた。

「ん？　二つあるやないか」

「先輩の分です。その先輩も、私と同意見と考えて頂いて結構です」

「ほう。ほな、残りの一人は頂戴《ちょうだい》したってことやな。誰や？　成瀬か」

面白いように男の顔が固まった。

「構へん。答えんでもええ」

少々意地の悪い質問だったか。橋詰はソファーから立ち上がり、声を上げて笑った。そして、男の肩をぽんと叩いた。

「お前、ええ警官になるわ」

「え？」

「もう今日は上がりなんやろ」

「はい、日報を書き終えれば」

「飯でも食いに行こか。この報奨金でよ。ここで待ってる」

橋詰は祝儀袋をかざして見せた。

男は困ったような表情で、曖昧な敬礼を残して背を向けた。

「お前、名前は？　まだ聞いてへんかった」

男はくるりと振り返り、姿勢を正した。

「地域課所属の――安城徹《とおる》といいます」

5

友市はテーブルの上に件《くだん》の封筒を滑らせた。

「〈柴崎昌〉と書かれています」

「被害者の柴崎宏司の兄貴やな」と、竹原が言った。

河原町署の南にある喫茶店だった。

友市が一人で開けた封筒。その中にはたった一枚の用紙が入っており、〈柴崎昌〉とだけ記されていた。封筒の宛先と同じく達筆な字だった。

柴崎昌――その名はすなわち、友市と竹原が担当している事件の犯人を示していた。

「見てもええんか」

「ええ、もちろん」

過去の二通とも、竹原にだけは見せている。

竹原は封筒を手に取り、ふっと息を吹きかけたあと、用紙を抜き出した。

「やっぱり、兄貴が犯人やったか」

柴崎宏司の事件は、今、友市と竹原が抱えている事案の一つであった。

河原町署刑事課強行犯係には十名ほどの刑事がおり、その中でも、この事件は友市と竹原がずっと捜査に専従していた。

事件が起きたのは一ヶ月ほど前の二月上旬だった。現場は実家で、宏司はその二階にある自室で倒れていた。鈍器で強打されたらしく、意識不明の重体だった。

発見したのは共に暮らす母親で、午後八時を回っても夕食に下りてこない宏司を呼びに行ったという話だった。

頭から血を流す宏司を目にするなり、母親は慌てふためき、救急車を要請した。

連絡を受け、友市らが現場へ入ったのは、その一時間後のことであった。

現場検証をしている間、母親は自らの肩を抱きながら、じっとうずくまっていた。

聞くと、柴崎家は母親と息子二人の三人家族で、父親は数年前に病で亡くなっているという。

長男の昌は三十歳になる独身男性で、既に実家を出ており、地元の地方銀行に勤めているとのことだった。

そして、被害者である弟、宏司は未だ定職に就かず、アルバイト生活を送っていた。独立している長男とは逆で、弟はまだ実家で親のすねを齧《かじ》っている状態だった。

部屋から盗まれたものはなさそうだ、と母親は語った。もっとも、盗まれるような高価な物はもとからなかったようである。

その時点で、物盗りの犯行ではないと判断が下された。部屋のガラス窓にも割られたような形跡はなく、犯人の進入経路は家の中からだろうと推測された。

友市も竹原も、宏司の友人知人、あるいは身内による犯行だろうと考えていた。現場が被害者の部屋という点からも、それは捜査員の一致する見解であった。

犯人逮捕まで時間はかからない。現場にはそんな空気が充満していた。もちろん友市もそう思っていたし、竹原も同様だったはずである。

それが意に反し、三月に入っても未解決のままだった。

当然、最初に疑ったのは宏司の家族だった。いい年をしてアルバイト生活の次男と口論になり、挙句、暴行に及んでしまったというケースはよくある。

弟は音楽を志しており、現実よりも夢の中に生きていた。「いい加減に目を覚ませ」と、窘《たしな》めたくなる気持ちも理解できる。

実際、同居していた母親とは、よくそんな言い争いをしていたようである。柴崎家の近隣からも同様の証言を得ていた。

翌日、再び柴崎家を訪ねた際、母親は頑《かたく》なに自らの犯行を否定した。

犯行時刻より前に訪ねてきた者がいたかと問うと、「いない」と答え、玄関の施錠に関して問うと、「よく覚えていない」と首を横に振った。

兄の昌も同様だった。弟が暴行を受けた時刻、昌は営業先から銀行に戻る最中だったと話した。確認したところ、確かに営業先を訪ねており、昌が言った時刻とも一致していた。

しかし、営業先と銀行の間に、昌の実家はあった。帰社途中、ほんの数分の間、実家に寄ることは十分に可能だったと考えられる。

が、やはり昌も断固として否定した。「弟を殴る理由がない。私は弟と違って真面目に人生を歩んでいる」と言って。

どれだけ聴取しようが、母親も兄も証言を崩さなかった。同じ内容を明確に、端的に繰り返すだけだった。竹原は「機械みたいやな」と零《こぼ》したが、まさにその通りだった。

どう見ても家族が怪しい。口裏を合わせているような印象は拭えなかった。だが、そうして疑問を抱きながらも決定的な証拠が出ず、いたずらに時間だけが過ぎていった。

そこに追い打ちをかけたのは、頼みの綱であった被害者、宏司も沈黙を貫いたことだった。二日後に意識が回復したのは幸いであったが、ベッドに横たわったまま何も語らなかった。

それは後遺症のせいではなく、宏司自らの意志のように思えた。家族のために口を噤《つぐ》んでいる。あるいは、柴崎家でそう決めた——そんな気配が宏司の病室には満ちていたのだった。


「柴崎昌だったんですね」

友市は改めてその名前を口にした。

「せやな、この封筒の送り主が間違ってへんかったら」

「間違いじゃないでしょう。これまでの二通も正しかったですし、それに——」

「おれらもそう睨んでたからな。状況から判断したら、家族の誰かでしかあり得ん。あの家族、やっぱり裏で話を合わせとったんや」

竹原は苦々しそうにタバコを咥えた。

「兄を守ろうとしていたんですね」

「あとで昌が母親に告白したんやろ。さぞびっくりしたやろうけど、警察沙汰になったんは誤算やったはずや。兄貴の犯行となれば、隠してやりたいのが親の心情や。できの悪い弟やなくて、兄貴の方やからな」

「階段から落ちただけだと病院に説明したかもしれませんね。事件じゃなくて、単なる事故だと」

「まあ、医者の目は誤魔化せん。あの傷跡を見たら、事故やないってすぐに分かる。頭蓋《ずがい》骨《こつ》にひびが入るほどやったんやで。立派な傷害事件や」

「それだけに、母親は被害者の弟にまで黙秘を強いたんでしょうね。何も喋るな、兄を犯罪者にしたいのかって」

「弟がいくら兄貴を嫌ってたとしても、そこはやっぱり家族なんやろな。弟も自覚してるんかな。自分がまともな社会人やないって」

「昌の行動を許すと」

「そこまでは言うてへん。けど、依然として弟は黙ったままやからな」

友市は何度か訪ねた病室を思い出した。包帯が巻かれた宏司の姿は確かに痛々しいものであったが、それ以上に病室に漂う空気の方が重々しく、緊迫感があった。

「それにしても、よく兄の昌だって断定できましたね、この送り主は」

竹原は腕を組み、「うーん」と唸《うな》り声を響かせた。

「決定的な証拠でも握ってたんか、もしくは——無理矢理に白状させたか」

「無理矢理に？」

「おれらができん方法でな。つまりは、暴力とか脅迫とか」

「それはちょっとひど過ぎませんか」

「そうか？　手っ取り早いのはそれやろ。もちろん、そんなやり方は嫌いやし、おれも絶対にせん。けど、後々の面倒や非難を無視できるんやったら——」

「……本気ですか？」

友市はぽかんと口を開けたまま、竹原の大きな目を見つめていた。

「何や、その顔は」

「あ、いや、まさか竹原さんがそんなことを言うなんて意外で」

竹原の下について二年。まだまだ友市の知らない側面があるらしい。友市には温厚そのものに映るのだが、ベテラン刑事たちは竹原に別の何かを見ているのかもしれない。だから、係長もこうして喫茶店での待機を許し、自由な行動を認めているのかもしれなかった。

「いや、ちょっと見方が変わりましたよ」

「ええ方にか？　悪い方にか？」

「さあ、まだ何とも」

「悪い方に変わったんやったら言うてくれ。直すかどうか分からんが、聞くだけは聞く」

と言って、竹原は席を立った。

「署に戻るんですか？」

「いいや。柴崎昌のとこや」

「え、待機命令は——」

「構わんやろ。他にも刑事はいる」

竹原はレジへ行き、ポケットから千円札を抜き出した。会計はいつも竹原がもってくれた。その気風を目にすると、やはり彼には荒々しい言葉が似合わないと思う。猫背と突き出た腹は変わらず平和的だった。

「あの、一応、係長に連絡を入れておいた方がいいんじゃないですか」

「ほな、おまえの方から頼むわ」

「え、非番の刑事に連絡させるんですか」

「ええやないか。熱心やって点数稼げるぞ」

「そんな風に思われるのは心外ですね」

「ははは。そんな台詞を吐けるんが、おまえのええところやな」

「はあ？」

基本的に刑事は褒められることに慣れていない。友市はくすぐったく感じつつ、携帯電話を取り出した。係長を呼び出しながら、もしかしたら竹原は、電話をかけさせるために友市を褒めたのかもしれない、などと勘繰っていた。

「——もしもし」と、係長が応じた。

「安城です」

「友市か。今日非番やないんか」

「そうなんですが、竹原さんに呼び出されまして」

「竹原と一緒か。ちょうどええわ。すぐに署に戻ってくれるか」

係長の調子が妙だった。高揚しているようにも、どことなく間が抜けたようにも聞こえた。

「何か進展があったんですか？〈千本興業〉の宮本の件で」

「宮本？　ああ、そっちは何もなしや」

「では、そっちでなければ、どっちです？」

「お前と竹原の担当事件や。柴崎宏司」

「え⁉」

思わず声を上げた。店を出て先を歩く竹原が振り返っていた。友市は空いた右手で例の封書を示した。

「あの事件が何か……」

「今、交番から連絡があってな——出頭してきよったらしいわ」

「出頭？　柴崎昌が⁉」

「え、何で分かったんや」

しまった、と悔やんでも遅かった。

「おい、何で柴崎昌が犯人やって分かったんや？　前から知ってたんか」

「ち、違います」と、友市は懸命に否定した。「今、竹原さんとその話をしていたんですよ。それで、やっぱり昌が匂《にお》うって——」

差出人不明の封書によって犯人が知れたとは絶対に言えなかった。しかし、このタイミングはどうだ。うっかり口を滑らせてしまうのも仕方がない。

過去二通が友市のもとに届いたのは、基本的に事件解決前であった。そして、そのいずれにも、一つの名前が記されていた。

——犯人の名前が。

どうやら、謎の差出人は独自に捜査の真似事を行っているらしい。しかも、友市が担当している事件ばかりを。

もちろん、それは偶然かもしれない。友市の他にも、同様の封書を受け取っている刑事がいるのかもしれない。

だが、そんな噂は一度も聞いたことがない。受取人が黙っていれば当然であるが、その可能性は低いだろうというのが友市と竹原の一致する意見であった。

この差出人は何故か「安城友市」にこだわっている——封書が届くごとに、その思いは強くなっていく。

竹原から一度だけ、「心当たりはないんか」と訊ねられたことがある。

答えは簡潔に「否」だった。まったく身に覚えがない。断片さえも思い浮かばなかった。

どうして友市なのか?

自身に問いかける度、友市の脳裏には何故か兄の墓前の花束が浮かんでくる。封書の差出人と花束の贈り主を同一視する理由の一つが、まさにその点であった。

「まあ、ええわ」と、係長が言った。「烏丸五条《からすまごじょう》の交番や。そこにおるそうやから、お前らで行って話を聞け。ええな?」

「はい、分かりました」

電話を切るなり、竹原が「出頭してきたって?」と訊ねてきた。

「そうみたいです」

「えらいタイミングやな。びっくりしてしもた。でもまあ、これで手間が省けたわ」

竹原はもう署の通用門をくぐっていた。そして、そのまま駐車場へ向かい、一台の車を指差した。

「え、僕の車で行くんですか？　署の車じゃなくて」

「その方が早い。キー持ってるやろう」

竹原が肩を震わせていた。寒風の中に突っ立っているのが嫌らしい。友市は苦笑を浮かべつつ、リモコンキーでロックを解除した。

「ほら、友市も早よ乗れ」

一瞬、竹原と目が合った。互いの脳裏にあるのは同じ疑問のはずだった。

封筒の謎の差出人は、どんな方法で昌に罪を認めさせたのか――。

6

「橋詰さん、ここは――」

「見ての通りや。祇園やないか」

橋詰の車は花見小路に入っていた。助手席では安城が目を細め、車窓を流れる看板を眺めている。

「初めてなんか、祇園は」

「いえ、違いますが」

「お前、出身はどこや？」

「もとは関東です。神奈川県」

「行ったことあらへんな。けど、ここより栄えてるんと違うんか。横浜とか」

「どうでしょうか。小学生の頃、京都に引っ越してきましたから、あまり記憶には残っていません。それ以降、大学もずっとこっちでしたから」

橋詰はブレーキを踏みつつ、速度を落とした。自身のコンパクトカーである。狭い京都の街を走るには、これが最適だと橋詰は思っていた。巨体を運転席に沈めるには窮屈感を覚えるが、一方通行の狭苦しい道幅や、路上駐車を考慮すると、とかく便利であった。ハンドルを握る姿を目にした同僚からは失笑され、現に安城からも、「意外な車に乗っているのですね」と驚かれたが、その利便性はやはり無視できなかった。

平日だが時間もあってか、花見小路は混雑し始めていた。圧倒的に多いのはタクシーだ。通りのあちこちで停車し、一様に薄着の女性を吐き出している。

「混んでいますね」

安城が前方を見つめながら言った。

「せやな」

と、橋詰は答えたものの、一昔前に比べると、随分と混雑の仕方が様変わりしたというのが正直な印象だった。明確に変わったのは、若い歩行者と外国人観光客が増えたことだ。

彼らに共通している点は二つ。さも楽しそうに声をあげていることと、カメラをぶら提げていることだった。

「えらい華やかになったもんや。前はこんなに分かりやすい街やなかった」

「分かりやすい？」

「昔はもっと重々しくて、妖《あや》しげで、どこにどれだけの客がおるんか、まるで分からんかった。人の痕跡《こんせき》を消す空気があったわ。看板はあるけど、ほんまに店があるんか、商売してんのかって疑うくらいにな」

「今は違いますか」

「ああ、はっきりと商売してるんが見え見えや。うちは気楽に入れるレストランです、うちは観光客相手のバーですってな。今の方が圧倒的に金の匂いがする。下品になったもんやで」

助手席から、押し殺したような笑い声が届いた。

「何や？」

「そんなことを口にする人があの祝儀袋を、と思いまして」

「言うやないか、安城」

「いえ、別に批判しているのでは——」

安城が慌てたように姿勢を正した。

「構へん。言いたいことを言うたらええ。遠慮なんかいらん。それに、今は勤務中やない。手帳は置いてきたんやろ？」

「はい、署に」

「おう。ほな尚更《なおさら》や」

車は徐行しつつ、有名な巽橋《たつみばし》のある新橋《しんばし》通を越え、新門前《しんもんぜん》通を過ぎた。

「この辺やな」

橋詰は車を左に寄せ、ハザードを出した。

「ここって、いわゆるクラブですよね。お酒を飲むのですか？」

安城は窓からビルを見上げ、首を傾けていた。

「いける口か」

「いいえ、まったく。アルコールが体質に合わないようで」

「心配すんな。車やから酒は飲まん。食事の前に野暮用や。ついて来い」

「車はここに止めたままで？」

「そんなに邪魔にならんやろ。こういう時のための小型車や」

「小型車でも駐車禁止ですが――」

「固いこと言うな。ほら、行くぞ」

橋詰はエンジンを切り、車を下りた。

安城はまだ渋々といった様子だったが、結局は助手席のドアを開けた。

東西に細長いビルだった。

かろうじて二人がすれ違えるほどの通路を進んで行くと、その先にエレベーターが現れた。ちょうどケージが一階で待機しており、橋詰は五階のボタンを押した。

「こういう店は初めてか」

「そうですね……はい」

背後で頷く安城の気配が伝わってくる。

「緊張してんのか」

「それもあります。あと、興味もなくはありません」

橋詰は首だけを後方に捻り、にやりと微笑んだ。真面目というよりも、素直な男だと感心した。常に堂々とし、弱点を晒《さら》さないよう気丈に振る舞うのが警官の姿である。その中において、「緊張している」と躊躇《ちゅうちょ》なく口にできる人物は珍しい。おまけに「興味もある」らしい。

この男、意外と柔軟性もあるんやな――開いた鉄扉の前で、橋詰は満足げに頷いた。

〈スターライト〉はエレベーターを出た左の奥にあった。看板は置かれておらず、重そうな木製の扉に、店名の書かれた銀のプレートが小さく掲げられている。

反対の右側の奥も似たような面構えで、このビルにはワンフロアごとに二軒のテナントが入っている。

店の前に立つと、扉が勝手に開いた。監視モニターが設置されているのだ。

「いらっしゃいませ。お二人様でございますか」

肩まで髪を垂らした若い黒服が深々と腰を折っていた。きちんと躾《しつけ》を受けている。〈スターライト〉がなかなかの高級店である証拠だった。

「いや、客やないんや。ここにカノンって娘、いてるか」

「カノン……」

黒服ははっとしたように目を見開くと、再度、丁寧に頭を下げた。

「橋詰様でございますね。お聞きしております」

「お聞きって何を」

「橋詰様がご来店になると」

「はあ？　まさか宮本からか」

「——はい」

思わず舌を打った。確かに宮本に告げた。今日店に行くから来るなと。それを宮本は、「店に伝えておけ」と解釈したようだ。

いらぬことをと苛立《いらだ》ちを覚えたが、その配慮は橋詰の心をくすぐった。

「で、カノンはいるんか」

黒服の顔がさっと曇った。

「今日出勤予定だったのですが……」

「休みか」

「こちらから何度も携帯電話に連絡を入れているのですが、留守番メッセージに切り替わるばかりで」

「無断欠勤か。こういうこと、前にもあったんか」

「いえ、私の知る限り初めてです」

どうも腑《ふ》に落ちなかった。宮本との約束を無視したかと思うと、その夜は仕事まで無視するとは。

「どうぞ、中に」と、男が言った。

「いや、酒はいらんのや」

答えながら店内を覗いた。嬌声《きようせい》が聞こえる。既に賑《にぎ》わっているらしい。橋詰は安城から返された祝儀袋の一つを取り出し、黒服に握らせた。

「カノンと仲がよかった娘はおるか？　おったらここに呼んでくれ」

「それでしたら、ユナさんですね。一時間後に出勤予定です」

「一時間後か……」

「中でお待ちになりますか？」

「いや、ええわ。その代わり、そのユナが出勤したら、俺に電話するよう言うてくれるか。空いた時でええ。で、こっちは彼女にやってくれ」

橋詰は自身の携帯番号を告げ、残りの祝儀袋も黒服に差し出した。いずれも宮本の金だ。橋詰の懐が痛む訳ではない。

黒服は受け取った祝儀袋の裏に、橋詰の番号を書き記した。そして、「またのご来店、お待ちしております」と、表情を変えずに頭を下げた。いかにもチップに慣れているという態度だった。

「宮本というのは今日の騒ぎの——」

安城がぽつりと呟いた。

「せや。で、さっき言うとったカノンってのが宮本の女や」

「では、あのマンションの住人はカノンという女性なのですか?」

「察しがええやないか。ただ、カノンいうんは源氏名やけどな」

「なるほど」

「しかし、どうも変やな。無断欠勤なんて」

「何か急用でもあったのでは」

「いいや」と、橋詰は首を横に振った。「ここが普通の飲み屋やったら、それでも通用するやろう。けど、こういうクラブは信用が第一や。無断欠勤なんてご法度や。その分、客が離れるからな」

「そうなんですか」

「欠勤に対して罰則を設けてる店もあるくらいや。祇園で勝ち残るってのはそういうことや」

エレベーターが到着した。中には一人の酔客がいた。完全に許容量をオーバーしており、男は床に座り込んでいた。

「あんた、大丈夫か」

橋詰は男の肩を軽く揺らしたが、まるで反応が見られなかった。すっかり酔い潰れている。店から放り出されたのだろう。

「ちょっと手を貸せ。ここから出したろ。このままエレベーターで上がったり下がったりしとったら、しまいに吐きよるぞ」

一階フロアに到着すると、橋詰は男を通路へ引きずり出し、壁を利用して座らせてやった。が、安城は蔑《さげす》んだような目で酔客を見下ろすだけだった。

「おい、安城――」

「嫌いなのです。酔っ払いは」

「はあ?」

「私がお酒を飲まないせいかもしれませんが、適量を弁えず、お酒に飲まれるような人間が嫌いなのです。そこまで潰れてしまったのは自身の責任です」

「へえ、あのマンションの前で野次馬に頭を下げてた警官とは思えんな。えらい冷たいやないか。酒に恨みでもあんのか」

「いいえ、まったくありません。ただ単に嫌いというだけです」

「お前とは酒を飲まんようにせないかんな」

橋詰は通りへ出て、車のロックを解除した。駐車違反の張り紙はされていなかった。

「安城、明日は朝からか？」

「いえ、夜勤です」

「ほな、多少遅なっても構わんな。次、行こか」

「――カノンさんのマンションですか」

「ああ、どうにも気になる。ちょっと寄っても構へんか」

「ええ、別に」

橋詰はエンジンを始動させ、強引にUターンして花見小路を南へ下がり始めた。切り返すことなしに反転できるのも、小型車を好む一つの理由だった。

「お前、警察学校を出て何年や？」

「二年になります」

「刑事課志望か？」

「いえ、特には。このまま地域課でも不満はありません」

警察学校を卒業すると、まずは地域課に配属され、交番勤務を経験するのが通例だ。そうして数ヶ月の実習を積み、再び警察学校に戻り、新人研修の総仕上げを行う。そして、正式に配属が言い渡されることになる。本人の希望通りの課に進むこともあれば、適性を考慮して配属先が決定されることもある。

安城の場合は、どうやら後者のようだった。

「刑事に憧《あこが》れて入った口やないんか」

「憧れがないと言えば嘘《うそ》になるでしょうが、動機はわりと曖昧なものだと思います」

「曖昧？」

安城の頰《ほお》が少し恥ずかしそうに歪んでいる。

「父親の希望との折衷案《せっちゅうあん》でしょうか。私はあまり人がやっていないような職に就きたかったのですが、父親は頑なに公務員になれと。だから、互いの間をとって警官の道に。同じ公務員でも、役所よりは面白いだろうと」

「まあ一応、安定もしてるしな」

「はい。父親は商売人で、随分と苦労したそうです。きっと、その反動でしょう。京都へ移ったのも、どうやら借金から逃げてきたような節があります。確かめてはいませんが」

いらぬことを喋らせたかと懸念したが、安城の顔に変化はなかった。

「けど、こっちで成功したんやろ？　お前を大学まで行かせたんやから」

「はい。今も小さな飲み屋をやっています。それなりに繁盛しているようです。食べていくには困らない程度に」

「なるほど。お前の酔っ払い嫌いは、ガキの頃からそこで酔客を見続けたせいか」

「そうかもしれません」

「で、どうなんや。折衷案の結果は。正解やったんか」

「まだ判断できません。もしかしたら、数年後には役所の窓口に座っている可能性もあるでしょう」

　橋詰は助手席に目をやった。引き締まった輪郭は二年の経験の賜物《たまもの》であろう。全体の印象としてまだ若さが滲むが、これから更に厳しさを増していくはずだ。

「何でしょうか」と、安城が目敏《めざと》く気付く。

「別に。お前、意外とややこしいんやな」

「ややこしい？」

　祝儀袋を突き返したり、路上駐車を咎《とが》めるくらい生真面目かと思うと、それなりに遊びにも関心があり、さして戸惑うことなく父親の恥も語る。職務を忠実に果たしつつ、だからといって、警官という職業に固執している訳でもない。

　――宮本もよう分からんヤクザやが、この安城もよう分からん警官やな。

橋詰は夜の京都の街を眺めながら、小さく笑った。

7

柴崎昌は固い表情で下唇を噛み、錆《さ》びたパイプ椅子《いす》に座っていた。綺麗に髪を撫《な》でつけ、スーツにネクタイまで締めている。いかにも銀行マンといった格好で、まるで営業中かのようだった。

友市と竹原が交番に到着するなり、昌は深々と腰を折った。少し痩《や》せたろうか。頬の辺りが削《そ》げて見えた。

「――私がやりました」

そう言って、昌は自らあの日の行動を語り出した。わざわざ交番まで足を運んできたのだから、既に覚悟は決めているといった様子だった。

「ちょっと待ってください」

友市は話し続ける昌を制し、竹原を窺った。このままここで聴取するか、河原町署に移すか、視線で問うた。

が、竹原は何も答えず、ポケットに手を突っ込んだまま、昌を見つめるだけだった。友市は仕方なく交番の制服警官に声をかけた。

「すみません。彼の調書は――」

「まだです」と、年配の警官が答えた。「どうしたものか、少々迷っておりまして」

「というと?」

「こうして出頭したようですが、河原町署の安城刑事と連絡がつくかと訊ねられまして」

「僕と?」

「面倒をおかけしました」

そう答えたのは昌本人だった。

事件が起こってから、友市と竹原は何度も昌と顔を合わせた。任意で署に呼んだこともあれば、職場付近に呼び出したこともあった。昌からすれば、二人が捜査の指揮を執っていると考えていたはずである。そして、竹原の方が先輩であると理解していたはずである。

「何で安城なんや?」

竹原がぽつりと言った。どうやら友市と同じ思いだったらしい。

「いえ、別に」

「何でや?」

竹原は繰り返し、昌の鼻先に詰め寄った。

昌はそれを嫌うかのようにのけ反り、「あなたの名前を忘れてしまったからです」と答えた。

「ふうん」

竹原は急に興味を失《な》くしたといった感じで、また友市の脇に引っ込んだ。

竹原の気持ちも分からないではなかった。とにかく、昌の言葉は嘘臭い。竹原の名前を思い出せなかったことしかり、供述内容もしかり。相変わらず、用意してきた言葉としか映らなかった。

「もう一度、最初から話してもらえますか」

友市が言うと、昌は表情を変えることなく、「分かりました」と頷いた。

正直なところ、まるで耳に入ってこなかった。完全ではないにしろ、先程の供述とほぼ同じ内容だった。やはり、事前に準備してきたという印象が拭えない。竹原が呆《あき》れるのも無理なかった。

端的に言ってしまえば、昌はあの日、銀行に戻る途中に実家に寄っていた。弟から内密の電話があり、「金を貸してくれ」と頼まれたそうである。

もちろん、昌にそんな意思はなく、いい加減にしろと説教するつもりだったと言う。それが激しい口論になり、ついかっとなって、持っていたジュラルミンの鞄《かばん》で殴りつけたという話であった。

「母親は知っているんですか？　あなたが弟を殴った犯人であることを」

「はい。黙っていてくれるよう、私から頼みました」

「ですが、あなたはこうして出頭した。今日のこともご存じなんですか？」

「告げてきました。というよりも、母の勧めに従ってここに来ました」

昌はそこで少し間を取ったあと、「母に罪はありません」と強調した。

状況を考えれば、明らかに不自然だと思われた。母親と昌は細部に渡って口裏を合わせ、これは事件ではなく事故であり、昌を守り抜くと決めたはずなのだ。そして、被害者である弟にもその決定を強要した――。

だが、友市はそれ以上言及しなかった。刑事失格と言われようが、今は母親の関与などどうでもよかった。

昌が出頭するまでに心変わりしたのは何故か？

友市の脳裏にあるのはまさにその一点だ。竹原の態度も同じ思いからきているに違いなかった。

「あんた、何で罪を認めた？」

痺《しび》れを切らしたのか、竹原が切り出した。少し苛立っている。それが分かる。

「何でとは、どういうことでしょうか」

昌が眉をしかめた。しかし、口調は変わらず丁寧だった。

「ずっと黙り通してきたんや。このまま続ければ、罪を逃れられたかもしれん」

「そんなことはありません。やはり、罪は罪です。私はもう耐え切れませんでした」

「母親も巻き込んでおいて何を言うんや」

「だからこそ反省して、こうして出頭したのです」

「そういう優等生的な発言はいらん」と、竹原が大きく背を伸ばした。「エリートってやつは脆《もろ》いな」

「脆いとは思いませんが」

「エリートってとこは否定せんのやな」

昌が挑むような視線を返す。

竹原はそれを受け流し、不意に「今日は止めや」と言った。

「え、止めってどういうことですか?」

思わず友市は声を上げた。

「もうやる気がせん。明日にしようや」

「明日って、聴取はどうするんです? 調書も何も書いてませんよ」

「全部、明日になってからでええやろ」

いくら昌の供述が望み通りではないにせよ、露骨に関心を失い過ぎではあるまいか。竹原は刑事にしては大らかであるが、さすがにこの発言には疑問を抱かざるを得なかった。

「……私はどうすればよいのでしょうか」

昌がぽつりと零した。表情に戸惑いの色が窺える。明らかに想定の範囲外といった様子であった。

「帰ったらええ」と、竹原が答えた。

「え？　帰るってどこに――」

「自分の家でも実家でもどっちでも」

「私は勾留《こうりゅう》されたりしないのですか？」

「逃亡の恐れがある者はそうする。けど、あんたは逃げへんやろ。そんな勇気なんてあらへんやろ」

「では、逃げてもいいのですか」

昌の声が尖《とが》った。少々むきになっている。昌の頬に朱が差していた。

「好きにしたらええ。逃げたところで、あんたなんかすぐに見つけられる」

「お言葉ですが、竹原さん」と、昌が言った。「あなたがたは、これまでずっと私を捕まえられなかった。仮に私が逃亡したとすれば、きっと発見できないでしょう。その自信があります」

昌は少し胸を張って見せた。自分を見くびる刑事に一太刀浴びせてやったと満足しているのだろう。

友市は竹原と互いに目で確認し合っていた。昌は今、「竹原さん」と呼びかけた。先程、竹原の名前を忘れたと語ったにもかかわらず。してやったりなのはこちらの方だった。と同時に、友市は納得した。竹原の態度はこういうことだったのかと。何かしらの綻《ほころ》びを作り、そこから崩していこうという算段なのだ。

あるいは他に、まだ別の意図があるのかもしれない。竹原の視線には、そんな何かが含まれているような気もした。

「では、明日また出頭してください」と、友市は告げた。「河原町署へお願いします。受付で竹原を呼んで頂ければ」

「竹原さんを――」

昌は今更のようにはっとし、口を閉じた。そして、肩を落として交番をあとにした。

交番の制服警官がその光景を不安そうに見守っていた。友市は状況を説明し、きちんと署に報告を入れると伝えた。昌を帰したのは友市と竹原の判断であって、五条交番のせいではないと安心させた。

「あいつを尾《つ》けるぞ、友市」

間もなく、竹原も交番を出た。僅《わず》かに見える昌の影を指差している。

なるほど。やはり、竹原のあの視線には別の狙《ねら》いがあったのだ。昌を泳がせる。その間に、彼は誰かとコンタクトを取るのではないか。彼に罪を認めさせた誰かと――竹原はそう読んでいるのだ。

柴崎の実家はこのまま東へ行った麩屋町《ふやちょう》通にある。烏丸五条にある交番に出頭した点を考慮すると、母親に促されて、というのは正しいのかもしれない。

昌は五条通を東へ向かっている。どうやら、実家に戻るようだった。

「このまま実家に帰るだけやったらつまらんな」

竹原がタバコに火を点け、軽く息を吐いた。

「まだ分かりませんよ。誰かと連絡をとるかも」

「いや、でも、どうやろなあ」

竹原の調子が煮え切らない。

「どうしたんですか」

「いや、それを見越して、おれもあんな態度をとってみたんやが……よう考えたら、あの男、こっちの期待通りに動くやろか」

「どういう意味です？」

「昌は罪を認めた。あいつを追い込んだ誰かさんの目的も、それで達せられた」

「まあ、そうなりますね」

「ってことはや、その誰かさんの立場からすると、これ以上、あいつに用はないってことや。連絡をとる必要なんてない訳や」

「昌からしても同様だってことですか」

「せや。出頭しましたけど、帰れと言われました、なんて報告するやろか」

言われてみれば、微妙なところではある。昌が出頭した時点で、一応の決着はついたとも考えられる。

しかし、その誰かからすれば、何らかの確認は必要であるはずだ。逮捕されたという確証が。

それを問うと、竹原は「せやな」と答えた。

「おれも友市も、この事案を便宜上、事件と言うてるけど、多分そうならん。被害者の弟もあんな調子やしな。事故か、単なる弟自身の怪我《けが》で終わるやろう。仮に被害届が出たとしても、示談って形になる」

「はい、間違いなく起訴までいきませんね」

「そうなった時、謎の誰かさんは、この件がもう解決してしまったことをどうやって知るんやろな。新聞記事にはならんで」

その通りだ。そうなれば、その誰かは後の顛末《てんまつ》を知る術《すべ》がない。昌に確認する、あるいは警察に確認する以外には。

「となると」と、友市は言った。「昌の方からではなく――」

「誰かさんの方から動く可能性もあるってことか」

昌が実家の門をくぐり、手入れの行き届いた庭の中へと消えた。

「竹原さん、どうしますか」

「少しこの辺りで様子を見よか。友市、お腹空《なかす》いてるか」

「そうですね、昼を食べてからは何も」

周囲に店らしきものはなかった。五条通までさほど距離はないが、見張りには適さない。

「コンビニまで行って買ってきましょうか」

「それもなあ」と、竹原は腹をさすった。「ちゃんとしたもん食べたいな。気分的には」

友市は思わず笑みを零した。そう言いつつも、食生活が乱れているから、竹原はこんな体形になったのだ。

「竹原さん、ちょっと食事を見直した方がいいと思いますよ」

「何や急に」

「もういい年でしょう。そろそろ身を固めるとか」

「そんなもん、今は相手がおらんわ」

「え、今はって」と、友市は目を見開いた。「竹原さん、結婚する気あるんですか」

「ないことはない。そりゃ行く行くは……」

驚いた。竹原には悪いが、あまりにも意外だった。冗談にせよ、このまま丸くなって転がっても構わないと言っていたくらいだ。体形にも、服装にも無頓着《むとんちゃく》。結婚など、まるで頭にないと思い込んでいた。

「竹原さんって普通の人だったんですね」

「おまえよりも全然普通や。熱烈なファンもおらんしな」

竹原が友市の胸元を指差していた。例の封筒、謎の差出人のことだった。

「――どうして僕なんでしょう」

「うん？」

「手紙の差出人だけじゃなく、昌もわざわざ僕を指名しました」

「それはおれも不思議に思った。けど、筋は通ってる。出頭するんやったら、友市を訪ねて行けと注文をつけたんやろう」

「注文、ですか」

「理由は分からんけど、手紙の差出人は友市にこだわってる節がある。だから、昌にもおまえの名前を提示した」

「ということは――竹原さんは同一人物と考えてるんですね？　手紙の差出人と昌に罪を認めさせた人物が」

「それはそうやろ。手紙には〈柴崎昌〉と書いて送ってきてるんやぞ。昌に罪を認めさせたからこそ、その名前も書けるはずや」

友市はゆっくりと頷いた。竹原の言う通りだ。やはり、両者が別々の者であるとは考えにくい。

「今回も、過去の二通と同じように当たってましたね。犯人の名前」

「ああ、合《お》うてたな」

竹原が吐いた紫煙が夜風に流されていく。

それを目で追いながら、友市はマフラーを固く巻き直した。

8

「明かりが点《つ》いてへんな」

橋詰は声を押し殺しながら、ゆっくりとドアノブを回した。きちんと鍵《かぎ》がかかっている。

「人の気配がしませんね、まったく」と、安城が答えた。

カノンのマンションは〈ブランコ西大路〉といった。安城が「ブランコとはスペイン語で白という意味です」と説明したが、確かに外壁だけでなく、各部屋のドアも白く塗られていた。

カノンの部屋はその六階、角部屋の601号室だった。

橋詰は一度だけ呼び鈴を押した。中から軽快なメロディが微《かす》かに聞こえたが、それだけだった。

　腕時計を見た。針は午後九時を指している。まさか、もう眠っていることはあるまい。本来なら、〈スターライト〉で客の相手をしている時間だ。

「旅行にでも出かけたのでは」と、安城が言った。

「いや、ないな。繰り返しになるが、仮にそうやとしても、店に連絡くらいは入れる。お前も見たやろ？　あの黒服の態度。そういった躾《しつけ》に対して厳しい店や」

「では、何か緊急の用事で――しかも、店に連絡を入れられないような」

「例えば？」

「そうですね、急患で入院したとか」

　なるほど、あり得ない話ではない。しかし、どこかでそれを否定する自分がいる。まるで根拠はないが、何かが起こっているような気がしてならない。

　宮本はすぐに頭に血が上る男であるが、決して馬鹿ではない。この扉の前で騒いだにしても、警察沙汰《ざた》になる前に退散するだけの嗅覚を持っているはずだった。それが今日に限って何故《なぜ》か一線を越えた……。

　その事実も、橋詰を不安にさせる一つの要因だった。

「どうしますか？」と、安城が訊《き》いた。

　このまま六階フロアに留《とど》まっても、不審に思われるだけである。橋詰は仕方なく安城を連れて通路を引き返した。

その時、携帯電話に着信が入った。

画面を見ると、見知らぬ番号が並んでいる。

「もしもし、橋詰やが」

警戒しながら応答すると、電話口から甘ったるい女の声が届いた。それで相手が分かった。

「〈スターライト〉のユナか」

「うん。今、伝言を聞いた」

すぐに連絡を寄越《よこ》す辺り、さすがに訓練されている。祝儀袋の効果もあったのだろうが、黒服は自分の仕事を果たし、ユナもきちんと応じた。

「店からやろ？　客はええんか」

「少しくらいは話せるよ。カノンちゃんのことでしょ？」

「おう。ちゃんと用件も伝わってるんやな。それなら話が早い」

橋詰は口元を押さえつつ、エレベーターを待った。

「カノンの無断欠勤も聞いてるな？」

「うん。こんなの初めて。すごく真面目《まじめ》な子だから、わたしもびっくりしてる」

「何か心当たりはないか」

「心当たりって言われても、凄《すご》く仲がよかった訳じゃないし。わたし、カノンちゃんの指導係だったんだ。それで、喋《しゃべ》る機会が多かったってだけで」

ユナの口調は若々しいが、そこには自信や経験が滲《にじ》んでいた。きっと夜の世界が長いのだろう。

「でも、電話はあったよ」

ユナが何気なく言った。

「え⁉」

「色々と有難うってだけ、留守番電話に残ってた」

「いつのことや」

思わず声が大きくなる。橋詰は携帯電話をきつく握り締めた。

「昨日の夜かな。わたし、昨日は休みで、ずっと出かけてたから全然気付かなくて。で、今日になってメッセージを聞いたの。何のことか不思議だったけど、店で欠勤って聞いてやっと分かった」

「店を辞めるってことか」

「だと思うよ。さっき、わたしもカノンちゃんの携帯にかけてみたけど、つながらなかった」

「店には連絡せんと、あんたにだけ電話したんはどういうことや」

「そんなの知らない。わたしからお店に伝えてくれってことじゃないかな？　店には言いにくかったとか」

エレベーターが到着した。橋詰がケージに乗り込むと、安城も続いた。安城はじっと黙ったまま、傍《そば》で聞き耳を立てている。

色々と有難う、か。

橋詰は胸の内で呟《つぶや》いた。それは単なる感謝に過ぎないのか、あるいは言葉以上の何かが含まれているのか。明かりもなく、人の気配もない601号室が思い出される。

「合わなかったのかな、やっぱり」と、ユナが続けた。「ちょっと場違いな印象もあったしさ。ああ、けなしてるんじゃなくて、この世界に珍しいタイプってこと。でも、残念だな。地味で大人しかったけど、逆にそれが受けてたのに」

宮本も、その珍しさに惹《ひ》かれたうちの一人ということか。煌《きら》びやかな店内にぽつんと佇《たたず》むカノンの姿が想像できるようだった。

「カノンは大学生らしいけど、どこの大学か聞いてるか？」

「ううん。まあ、京都だとは思うけどね」

「あんた、宮本のことは知ってるんか」

「何度かついたことはあるよ。でも、それだけ。宮本さんのお気に入りはカノンちゃんだしね。あ、ごめん、そろそろ行かないと」

「ああ、悪かったな。また何か思い出したら連絡をくれるか」

「うん、いいよ。じゃあね」

　電話が切れると同時に一階に着いた。橋詰は迷いながらケージを出た。どうも釈然としなかった。何かが引っかかるというよりも、どこか腑《ふ》に落ちないというべきか。

　昨晩、同僚のユナに「有難う」と残し、カノンは一体どこへ行ったのか。単に友人とでも食事に出かけているのか、もしくは安城が指摘したように、しばらくは旅に出て羽を伸ばしているのか。

　普通に考えれば、それで納得もできよう。しかし、カノンは普通の女ではない。彼女の背後には宮本がいる。

　頬《ほお》の辺りに安城の視線を感じる。その目には疑問が乗っていた。

「何や？」

「橋詰さんは宮本とどういう関係なんです？」

「どういうって？」

「宮本は〈千本興業〉の構成員だと聞いていますが」

　橋詰は正面から安城を見つめた。宮本との黒い噂《うわさ》は既に署内で囁《ささや》かれている。吉井や野間が嬉《うれ》しそうに言い触らしているのも知っている。それが交番勤務の安城にまで届いていてもおかしくない。

「どういう関係やと思うんや」

「祝儀袋を受け取る関係でしょうか」

「ほう」と、橋詰は笑った。「おもろいこと言うやないか」

今日の午後、安城はこのマンションの前で野次馬を整理しながら、橋詰が宮本と一緒に地下駐車場へ下りて行ったのを目にしていたはずだ。ならば、あの祝儀袋の金の出所も察しているに違いなかった。

「宮本との噂、聞いてるんやな」

安城が小さく頷《うなず》く。

「心配すんな。お前をその噂に巻き込むつもりはない。火の粉がかかると思ったら、すぐに離れたらええ。何やったら、今すぐ帰っても構へんぞ。家まで送ったるから」

安城は返事をせず、さっと上空へと視線を逸《そ》らした。６０１号室の外壁を眺めているようだった。

また橋詰の携帯電話が鳴った。

今度はその宮本からだった。

「店、行かはったんですね」

「さっきな。けど、中には入ってへん。カノンは無断欠勤やと。会えずじまいや」

「そうですか……」

「知ってたんか？」

「いえ、黒服から連絡をもらったんですよ。橋詰さんが来はったって。その時にカノンのことも」

　ふと、ユナの話を思い出す。カノンは店を辞めた可能性が高い。その話も宮本に伝わっているのだろうか。

　いや、多分まだだ。知っていたならば、これほど宮本が冷静なはずがなかった。

「橋詰さん、今どこにいはるんです？　まだ祇園ですか」

「……ああ」

　曖昧《あいまい》に答えた。カノンの部屋を確かめに来たとは言いづらかった。宮本に頼まれた訳でもない。そこまでカノンの顔を拝みたいのかと揶揄《やゆ》されるのは目に見えている。

「オレ、今からマンションに行ってみます」と、宮本が言った。

「何やって？」

「ちょっと中に入ってみようかと。まだ連絡がつかんのです」

「中にって、お前、鍵は持ってへんのやろ」

「持ってませんけど、どうにかします」

「どうにかって、ドアノブ壊すつもりやないやろな。そんなことしたら、また騒動になるやろが」

「ほな、管理人か誰《だれ》かに言うて――」

「開けろって脅すんか？　警察沙汰になったらどうすんねん、こら」

「でも――」

「お前、一日くらい待てへんのか。何をそんなに焦ってる？」

「焦ってるんやないです。気になるんです」

宮本はまた「それだけ惚《ほ》れている」とでも口にするのだろう。恥ずかしげもなく。

橋詰は頭をかきつつ、ふっと苦笑を零《こぼ》した。気になっているのは何も宮本だけではない。

橋詰自身、既にカノンという女性に興味を惹かれている。そうでなければ店を訪ねたりしないし、こうしてまたマンションまで戻ってきたりしない。

安城も、それに気付いていることだろう。彼の目は「事件になってもいないのに、どうしてカノンを追うのか」と語っている。

橋詰は背を向けた。

――何故、カノンを追うのか？

その答えは何となく分かっていた。

カノンの向こうに宮本がいるからだ。

「俺《おれ》が行く」と、橋詰は切り出した。

「え、橋詰さんが？」

「お前、絶対に騒がんと約束できるか？　できひんやろ。もし隣近所からまた通報があったら、今度は逃がしてやれへんぞ。俺なら、どうにでも対処できる」

「でも、これはオレの問題で、橋詰さんにそこまで……」

「これは貸しや。よう覚えとけ。ええな、宮本。お前は大人しくしとれ。あとで報告を入れてやる」

正直なところ、カノンの部屋の中を覗《のぞ》いてみたかった。宮本の女がどんな生活を送っているのか知りたかった。その本音を上手《うま》く隠せたかどうか。

「宮本、お前の知り合いに錠前屋はおるか」

「錠前屋、ですか」

「カノンの部屋の鍵を開けないかんやろ」

「そうですね、もぐりなら」

「もぐりか……しゃあない。この際、何でもええわ。すぐにマンションへ寄越せ。費用はお前持ちやぞ」

「分かってます。すぐに行かせます」

電話を切った。橋詰は振り返り、苦々しい思いで安城に選択を迫った。

「安城、聞いてたやろ？　これからカノンの部屋に入る。お前はどうする？」

9

昨晩はあまり眠れなかった。

兄の墓参りから始まり、〈千本興業〉宮本の騒動、そして、三通目となる差出人不明の封筒が届いたかと思うと、友市が担当している事件の容疑者と目されていた柴崎昌が自ら出頭してきた。

ひどく目まぐるしい一日だったせいか、体は疲れているのに頭は妙に冴《さ》えたままで、なかなか寝つけなかった。

そんな時でも、どうにかして眠るのが刑事の仕事の一つであるが、昨晩に限っては、どんな術《すべ》を使っても効果がなかった。

昨日、竹原と別れたのは午後十時頃《ごろ》だった。あのあと、昌の実家の前で一時間ほど張り込んだが、特に動きはなかった。

これ以上粘ったところで同じだと判断したのか、竹原は「もう終わろか」とあっさり諦《あきら》めた。そして、「どこかファミレスでも行こ」と友市を誘った。簡単に張り込みを止《や》めてしまったのは、単に空腹に耐え切れなくなったせいかもしれなかった。

友市の自宅マンションは京都御所の南、高倉夷川《たかくらえびすがわ》にある。河原町署までは歩いて十五分といったところか。

今朝は余裕を持って部屋を出た。睡眠不足のせいで頭が霞《かす》んでおり、目を覚ますにはちょうどよい距離だった。

曇り空だった。まだ雨が落ちてくる気配はないが、地面を這《は》う冷たい風のせいもあって、ひどく寒々しい朝だった。

革靴の中で、足の指がじんじんと痺《しび》れ続けている。なかなか温まらない。少し速度を上げてみたが、マフラーを巻いた首元だけが汗ばんだ。

「えらい疲れてるな」

署で待っていたのは竹原だった。昨日、友市を呼び出した時と同じように、玄関ロビーで缶コーヒーを傾けていた。

「お早うございます。竹原さん」

「おまえも飲むか」

いつものチノパンツのポケットに手を突っ込んだかと思うと、竹原は百円硬貨を指で弾《はじ》いて寄越した。

友市は礼を述べ、自販機で温かい缶コーヒーを買った。

「もう来てるんですか、柴崎昌は」

　こうして竹原が待ち構えているのは、既に昌が出頭し、聴取の準備が整っているからだと思った。だが、竹原の答えは「いや、まだやな」というものだった。

「まだ？　じゃあ竹原さん、ここで何をしてるんです」

「何って、おまえを待ってたに決まってる」

「え？　でも、柴崎昌が来てないいんじゃ、聴取も何も――」

「待ってたんはおまえだけやない。昌もや」と、竹原がごみ箱に缶を放《ほう》り投げた。

「どういうことですか？」

「聴取する場所を変える」

「変えるってどこに」

　竹原が軽く右手を挙げた。そこには車のキーがぶら下がっていた。

「いいんですか。勝手に移しても」

「空いてる部屋がないんや。柴崎昌も逃げ出さんやろうし、どこでやっても同じじゃ」

「あの、係長には――」

「言うてない」

　竹原はそれがどうしたといった感じで、いつものように猫背のまま玄関ロビーを抜けた。

左手にはタバコのパッケージが見える。

「竹原さん、車でどこへ行くつもりですか」

「それはあいつ次第やな」

一体、どういうつもりなのか。柴崎昌を連れてどこへ向かうつもりなのか。

竹原の関心は、柴崎昌がどうして罪を認めたのか、この一点だけにあると言ってもいい。昨日の態度を考えれば明白であるし、何より友市自身も同様に思っている。

そして、例の差出人不明の封筒。

その差出人が昌を心変わりさせ、罪を認めさせた張本人である、と竹原は読んでいる。だからこそ、昌を外へ連れ出し、謎《なぞ》の差出人を探し出そうというのが竹原の思惑であろう。

それは分かる。だが、そう簡単にいくだろうか。昌は語るだろうか。いや、そもそも今日、昌がきちんと出頭してくるか、それもまだ確実ではない。

「ちゃんと来ますかね」

友市は喫煙所まで歩み寄り、竹原の向かいに立った。まだ午前中だというのに、既に灰皿には吸殻の山ができつつあった。

「昌か。それは来るやろ。今更逃げてもしゃあない。まあ、来んかっても、こっちから迎えに行くだけや」

そう言って、竹原が車のキーを放り投げた。

友市はそれを宙でつかみ取り、缶コーヒーを飲み干した。

「実家の方ですね」

「せやな」

竹原を先頭に駐車場まで歩いた。

ロックを解除し、友市は覆面パトカーの運転席に乗り込んだ。竹原は助手席だ。

エンジンを始動させるなり、竹原は「寒い寒い」と言いながらエアコンをつけた。上着はジャケット一枚だ。マフラーくらい巻けばよいと思うのだが、首回りを締めつけられるのが嫌いらしく、マフラーどころか、ネクタイさえも締めない。

「昌はどうして自供したんでしょうね」

友市はぽつりと零した。昨晩、眠れなかった原因の一つだった。

「どうしてって、例の封筒の差出人にやな――」

「いや、昨日ちょっと考えてたんですけどね。仮に僕が昌だったとしたら、わざわざ出頭しないと思うんですよね」

「うん?」

「竹原さんの言う通り、昌は容疑者とは呼べません。そもそも、この事案は事件にならないんですから、犯人など存在しません。それは昌も分かっていると思うんです」

「自称エリートらしいしな」と、竹原が鼻で笑った。

「昨日、昌は母親に促されてなんて言ってましたけど、その二人で昌を犯罪者にさせないって決めた訳でしょう?」

「だったら、自供する必要ありませんよね。したところで、結果的には何も変わらないんですから。弟が騒ぎ立てない限り。でも――」

「せやな」

「あいつは出頭した」

「ええ。やっぱり、そこが不思議なんです。する必要のない心変わりを何故したのか」

「だからそれは、封筒の差出人が原因なんやろう」

「その差出人が昌に罪を認めさせた。それはそうなんでしょうけど、その、何と言えばいいのか……」

「罪を認めさせることと、出頭させることは別の問題やと言いたいんか？」

「そういうことでもないんですけど……いや、そうなのかな。すみません、僕もまだ頭の中がまとまっていなくて」

「ほな、それはあと回しや」

竹原が助手席から身を乗り出し、窓の外を凝視していた。

「あいつが来た」

柴崎昌がちょうど通用門をくぐるところだった。

「逃げなかったようですね」

「それはそうやろ。今、友市も言うたやないか。犯人は存在しないって。逃げる必要なんてないからな」

「でも、繰り返すようですけど、出頭する必要もありませんよね」

「まあな」と、竹原は目を細めた。「そこまで疑問に思うんやったら、あいつに訊けばええことや」

竹原が助手席のドアを開いた。小走りになって駆けて行く様は体形のせいかユーモラスだった。

柴崎昌は昨日と同じくスーツ姿だった。ただ、生地は紺色から濃いグレーに変わっている。ネクタイの色もワインレッドからベージュになっていた。

友市は運転席を出て、車の傍で二人を待った。それに気付いた昌が一礼を寄越した。

「あなたの実家に向かうところでした」と、友市は言った。

「はい、竹原さんから聞きました」

「おれの名前、忘れてへんみたいやな」

竹原の皮肉に、昌が一瞬顔をしかめる。

竹原が後部ドアを開け、そこに昌を座らせた。続いて、竹原もそのまま後部座席に並んだ。そして、運転席に戻った友市の肩を叩《たた》き、「行こか」と促した。

ルームミラーの中で、竹原がウィンクをしていた。どこでもいいから車を出せ。そういう意味だと思われた。河原町署ではないどこかで聴取する、竹原はそう言っていた。

御池通に車を割り込ませ、友市は再びルームミラーに目をやった。昌は唇を固く結び、きょろきょろと首を左右に振っていた。以前よりもやつれて見えるが、肌の血色は良さそうである。

「昨日、署に来るよう言われました。だから、こうして私はやって来た。どこへ行こうというんです」

迫るような昌の口調だった。慌てているのが見て取れる。その隣で竹原が大きくあくびをしていた。

「一体どういうことですか、安城さん」

ミラーを覗く昌の目が小刻みに動いている。確かに昌には脆《もろ》い面が窺《うかが》える。想定外のことが起きれば、動揺を見せる。昨晩、竹原が「聴取は明日にしよう」と告げた時もそうだった。それが竹原の言うエリートの弱点かどうか知らないが、自ら柔軟性のなさを露呈しているのは間違いなかった。

「どこか行きたいところはありますか」

いささか昌が可哀《かわい》そうに思え、友市は口を開いた。

「別にありません。安城さん、私はどうすればよいのです？　てっきり、昨晩の続きをするものだと思っていましたが」

「そのつもりだと思いますよ」

「よし。望み通り、昨日の続きをしよか」

竹原が背伸びをし、のんびりとした口調で切り出した。

「車の中で?」と、昌がすぐに反応する。

「心配せんでもええ。どれだけ時間がかかるか分からんけど、目的地はちゃんとある」

「どこですか」

「それはあんた次第やな。目的地は確かにあるんやけど、おれも安城も、それがまだどこか知らんのや」

「……どういう意味です?」

「あんた、エリートなんやろ。それやったら分かるはずや。おれの言うてる意味」

くどいとも取れる竹原の皮肉であったが、昌は怒りを露《あら》わにしなかった。いや、できなかったのだろう。本当に意味が分からないといった様子で、結んでいたはずの唇をだらしなく開けていた。

「目的地は――ある人物や」

竹原がタバコを咥《くわ》えた。車内は禁煙である。その旨を伝えようとすると、竹原はミラーの中で一度頷いて見せた。

「ある人物……誰のことですか」

「そんなもん、決まってるやないか」と、竹原はフィルターを噛《か》みながら言った。「あんたに罪を認めさせた謎の誰かさんや。今からそいつを探しに行く」

10

橋詰は立て続けに二本のタバコを灰にした。その間、安城はずっと黙ったままだった。カノンの部屋に無断で入ることは当然ながら犯罪である。しかも、もぐりの錠前屋に鍵を開けさせようとしている。

もちろん、安城に犯罪の片棒を担がせるつもりはない。橋詰の方から強引に誘っておきながら、勝手な言い分なのは理解しているが、この若い警官がどう判断するのか興味もあった。

「安城……何度も言うようやが、無理強いはせんからな」

橋詰は三本目のタバコに火を点けながら言った。

「目をつむって、耳も塞《ふさ》げと？」

「嫌らしい言い方をするやないか。けど、端的に言うたらそういうことや」

「私はただ、橋詰さんに食事を誘われただけなのですが」

「そう言うて、すべて俺の責任にするんも一つの方法や。面倒なことになったとしても、お前の名前は出さんから安心せえ。まあ、俺を信用できんかもしれんけど」

「さすがにこの状況では帰りづらいですね」と、安城が答えた。「信用云々《うんぬん》に関しては、まだ何とも言えません。橋詰さんとお話したのは今日が初めてですから」

「はっきり言うやないか。安城、誤解すんなよ。俺を信用せえと押し売りしてるんやないからな。何せ俺は、お前に祝儀袋を渡した男や」

橋詰は基本的に保身を考える刑事が嫌いであるが、安城はそれを感じさせなかった。明らかな越権行為を犯そうとしているのに、「帰りづらい」と答える点も気に入った。生真面目な性格かと思えば、柔軟性も兼ね備えている。ややこしい男だと思っていたが、ここにきて橋詰は一つ理解した。

とにかく、安城という男は話が早い。なかなか辛辣《しんらつ》な意見を述べはするが、決して邪魔はしない。

「お前、昇進に興味はあるんか」

「昇進ですか。そうですね、ないこともありませんが……それが何か？」

「いや、何でもあらへん」

橋詰はマンションの白い外壁へと視線を振った。安城が言うように、こうしてまともに会話したのは今日が初めてである。だが、安城が昇進を望まないのであれば、相棒にしたいくらいだった。

きっと、おもろい刑事になる——そう思わせる何かが安城には潜んでいる。

「またお前に祝儀袋を渡したくなったわ」

橋詰は頬を緩めつつ、上空に向かって紫煙を吐き出した。

「——あなたが橋詰刑事？」

突然、背後から澄んだ声が聞こえた。

「え？」

「宮本さんに言われて来たんだけど」

橋詰は目を見開いた。そこにいたのは若い女性だった。それこそ、カノンと同年齢くらいだった。

「あんたが……錠前屋？」

「そうだけど」

「ほんまかいな」

安城も同じ思いだったらしく、現れた女性をしげしげと見つめている。ジーンズに紺色の半袖シャツ。その上には、白のサファリハットを被《かぶ》っている。そこから黒い長い髪が垂れていた。

「まさか女とはな。宮本も味な真似《まね》するやないか。予想外やったわ」

「女だったら何か不都合あるの？」

「いや、あらへんな。ちゃんと仕事してくれたら、それでええ」

「どの部屋？　宮本さんから、早く仕事を終えて、早く帰れって言われてるんだけど」

言って、彼女は玄関ホールへと歩を進め、何の躊躇《ちゅうちょ》もなくエレベーターのボタンを押した。ケージは一階に止まったままだった。

「六階や」

橋詰はその背を追い、安城とともにケージの中に入った。

一瞬だけ、視線がぶつかった。「ええんか？」と目で問うと、安城は小さく頷いた。それが安城の出した答えだった。

「あんた、名前は？」と、橋詰は錠前屋に訊《たず》ねた。

「名乗らないと駄目？」

「もぐりやから知られたくないってか」

「まあ、そんなところかな」

もぐりである以上、余計なことは喋るなと釘《くぎ》を刺されているのかもしれない。もしくは、宮本との関係を探られたくないのか。橋詰は恐らく半々だろうと読んでいた。

「年は？」

「――パス」

「学生か」

「違う」

「本職は？」

「まあ、色々やってるけど」

「たとえばどんな？」

「——パス」

歯切れの良い女だった。おまけに肝も据わっている。橋詰相手に怯《ひる》まないのは、もぐりとして培ってきた度胸ゆえか。

帽子の庇《ひさし》のせいで顔に影が落ちているが、かなり美人であると分かる。鼻が高く、眼孔が少し窪《くぼ》んでいる。ハーフを思わせるような造形と褐色の肌だった。

「あんた、ハーフか？」

「よく言われるけど違う」

「宮本とどういう関係や」

「子供の頃から知ってるってだけ。ずっと可愛《かわい》がってもらってる」

橋詰の頭にあったのは、宮本の女なのかどうかということだった。宮本はカノンだけだと言っていたが、他に女がいても不思議はない。

しかし、どうやらそれは見当違いのようだった。彼女は綺麗《きれい》だが、宮本のタイプとは異なる。宮本は、どちらかといえば顔の作りが小粒の女性を好む。橋詰が知る過去の恋人はそうであったし、きっと、まだ見ぬカノンもそうなのだろうと想像がつく。

「わたし、宮本さんの女じゃないよ」

思いが視線に表れていたらしい。橋詰は繕うように言った。

「あんたは宮本のタイプやない」

「わたしだって宮本さんはタイプじゃない」

「へえ。ほな、どんな男がタイプなんや」

「普通の勤勉なサラリーマンかな。見積書とか報告書を書いたことがないような人は問題外」

意外な答えに、橋詰は声を出して笑ってしまった。これまで一歩下がっていた安城も頬を緩めていた。

「あんた、おもろいな。ほな、刑事はどうや。報告書なんか山のようにある。書いても書いても終わらん」

「悪くないかな。とにかく、誰もが経験することを、きちんと経験してる人じゃなきゃ駄目。そういう常識のある人が一番ね。こんな時間に呼び出したりしない刑事だったら、ちょっと考えてもいい」

六階に着いた。このマンションはフロアごとに八部屋ある。そのちょうど真ん中にエレベーターは設置されている。

橋詰を先頭に601号室の前まで来た。やはり、明かりは点いていなかった。念のため、呼び鈴を押した。扉に耳を当ててみるが、変わらず人の気配は感じられない。居留守を使っている様子もなかった。

橋詰が合図を送ると、錠前屋はジーンズのポケットから細長い棒状の金属の束を取り出した。

「一昔前の鍵ね。すぐに開けられるよ」

彼女がドアノブに手をかけようとした。橋詰はその手を制した。

「ちょっと待て。指紋を残すな」

「ここ、宮本さんの彼女の部屋でしょ？」

「宮本にどう聞かされたんか知らんけど、不法侵入であることに変わりあらへん。この部屋、宮本が借りてるんと違うんやろ？」

「名義ってこと？　そんなの知らない」

答えながら、錠前屋はハンカチを手のひらに巻いた。割り切りの早い女だった。

「その辺のことは宮本さんに訊いて。わたしは自分の仕事をして、代金をもらえればそれでいいから」

錠前屋は自らの道具を鍵穴に滑り込ませる。

数分もかからないうちに施錠が解けた。彼女の態度が証明するように、腕前は鮮やかなものだった。

「開いたよ」

橋詰も自身のハンカチを取り出し、ドアノブを回した。金属が軋《きし》み、嫌な音が廊下に響く。住人に見られてはまずいと、橋詰はさっと扉の向こう側に滑り込んだ。

「あんた、もう帰ってもええで」

何故か錠前屋も中に入っていた。

「だって、また施錠して出なきゃならないでしょ」

そう答えるなり、彼女は靴を脱ぎ、一番に玄関を上がった。

橋詰は安城と目を合わせた。互いの口から自然と苦笑が零れていた。

11

「ですから、私の意思だと言ってるでしょう。何度同じことを訊くのですか」

柴崎昌の口調に苛立《いらだ》ちが表れていたが、まだ理性は保たれているようだった。

質問しているのは専《もっぱ》ら竹原で、昨晩と同じように昌の平常心を崩し、綻びを見つけ出そうとしていた。

「何度も訊くんは納得できんからや。腑に落ちんからや」

「それはあなたの問題でしょう」

「だから、おれが納得できるように説明してくれと言うてるんや」

「ですから――」

　この繰《く》り返しだった。

　昌は焦《じ》れ、怒りを露わにしているが、竹原は終始笑みを浮かべていた。

車は烏丸通を通り過ぎ、堀川通で右折した。二条城を西に見ながら、北へと上がってい
る。

　友市はドライバーに徹していた。竹原の思惑は分かっていたし、邪魔をしたくなかった。

仮に、いわゆるアメとムチの状況になれば、アメの役割を果たすつもりでいたが、まだそ
んな手助けは必要なかった。

「ええか、おれが知りたいんは簡単なことや。あんたがどうして罪を認めたんか。そして、
そうさせたんは誰か。それだけなんや」

　竹原の言葉に、昌は天井を仰いだ。またか、とでも言いたいのだろう。

「あんたは自分の意思や言うけど、それは違う。第三者が存在してるはずや」

「――そんな人などいません」

「いいや、絶対にいる」

「自ら罪を認めてはいけないのですか」

「認めるんは大いに結構やな」

「では、それでいいじゃありませんか」

「あんた、あほやないんやろ。京都で有名な大学出て、名の通った地元銀行に勤めたんやから」

「……馬鹿ではないと思っています」

竹原の揶揄に対し、昌はそう答えた。

ルームミラー越しに竹原と目が合った。その視線は、「こいつ、ほんまにあほやな」と語っているようだった。

「そんな利口なんやったら分かってるはずや。この件が事件にならへんってことくらいな。そうならんよう、母親と話し合《お》うたんやろ？」

「話し合った結果、こうして出頭することに決めただけです」

「ほな、何ですぐに名乗り出んかった？　弟を殴ったあとすぐに」

「それは……どうしてよいか分からなかったからです」

「利口やのに？」

「……動揺していたのです」

またミラーの中で竹原と視線を交わした。さすがに友市も、謙遜《けんそん》を知らない昌に呆《あき》れ始めていた。

「おれらと最初に会《お》うた時、何て言うたか覚えてるか」

「最初、ですか」

「弟を殴る理由がない。あんたはそう言うた。嘘《うそ》をついたんや」

「別に嘘では……」

「あんた、動揺したら嘘をつくんか。それやったら子供と同じや」

「いいえ、私はちゃんとした大人です。だから罪を認めた」

「ふうん。でも、おれはそんな子供の方が好きやけどな。ついた嘘を意地でも貫き通す。あんたよりも、子供の方が芯《しん》が通ってる」

本気か冗談か分からない竹原の言葉であったが、多分、昌を挑発するためだと思われた。しかし、竹原が期待したであろう反応は返ってこなかった。昌はぐっと拳《こぶし》を握り、黙り込んでしまった。

ミラーの中を窺うと、竹原は歯を覗かせている。まだまだ序の口や、そう告げているようだった。

「お、マクドがあるな。ちょっと寄ろか。朝飯まだなんや」

小休憩といったところか。堀川通が空《す》いており、車は今出《いまで》川《がわ》通付近まで進んでいた。交差点の西側にMの看板が見えている。

友市はハンドルを切り、駐車場に乗り入れた。人目を考慮し、店の中で聴取はしないだろう。きっと竹原はこのまま車の中で続けるつもりだ。そう判断し、最も奥に車を止めてエンジンを切った。

「友市は食べてきたんか、朝」

「軽くトーストくらいは」

「あんたは？」と、竹原が昌に訊いた。

「いえ、私は結構です」

昌は即答したものの、二呼吸ほど置いてから、「コーヒーを頂けますか」と小さく付け加えた。こちらのペースに合わせたくはないが、自らの欲求に勝てなかったらしい。

友市と竹原は車を降り、互いに背を伸ばした。軽く関節が軋む。頬に当たる風が湿っていた。朝よりも雲が分厚くなり、濃くなっている。一雨くるかもしれない。

「あいつ、まだ頑張ってるな」

竹原は早速タバコに火を点け、煙を吐き出していた。

「どこまで持ちますかね」

「さあな」

「あれ？　竹原さん、何かプランがあるんじゃないんですか。だから昌を連れ出したんでしょう？」

「別にそんな大層なもんは考えてへん。寄ってみたい場所はいくつかあるけどな。あいつの職場とか、弟が入院してる病院とか」

「そうして昌の反応を見ようと」

「まあな。あいつの一番の泣きどころは何かと思ってな」

店の入口の脇《わき》に灰皿がぽつんと置かれていた。竹原はそこに灰を落としつつ、車を振り返った。

「泣きどころ、ですか」

「芯はないけど、プライドはある。なかなか笑わせよるな。ずっと鼻持ちならんと思ってたけど、昨日から、可愛らしくも見えてきたわ。いじり甲斐《がい》がある」

竹原は満面の笑みを浮かべ、体操でもするかのように腰を回した。

大層なプランはないと言うものの、竹原が何かしら考えているのは間違いないだろう。昌がどんな反応を見せるか確かめたいというよりも、竹原の中で何らかの推測があって、それが正しいかどうか見極めようとしている、という風にも映る。

「――何や？」

知らず、竹原を見つめていたらしい。

「いえ、もしかすると、何か見当がついてるのかと思って」

「見当？」

「この事案についてです。昌が罪を認めたことです」

「そんなもんはない。今日の空みたいに、まだ分厚い雲の中におる」

竹原がタバコで上空を指し示した。

「でも、余裕があるように見えます」

「差し迫った事案やないからや。殺人事件でもなければ、強盗でもない。被害者の弟はえらい怪我《けが》を負ったけど、命に別条はない。意識も戻ってる。後遺症もなさそうやしな。あ、誤解すんなよ。別に事件を区別してるんやない。重い軽いで判断するつもりはない」

「はい、分かってます。竹原さんがそういう刑事じゃないってことは」

「そ、そうか」

竹原は首を傾《かたむ》けながら頭をかいた。どうやら竹原も褒められることが苦手らしい。

「じゃあ、適当に買ってきますね」

「ああ、頼むわ」

竹原がポケットから抜き出した千円札を受け取り、友市は店内に入った。

セットメニュー一つとホットコーヒー二つを購入した。それらはあっという間に袋に詰められ、竹原以上の笑みとともに手渡された。

店を出ると、その竹原の指から吸殻が消えていた。

「——ないこともないな」と、竹原がおもむろに言った。

「え？」

「お前が言うた見当ってやつや」

「そうなんですか？　昌が罪を認めたのは何故か――」

「そういうことやない。手段とか方法と言うたらええんかな」

「手段、ですか」

友市は竹原と並んで駐車場を歩いた。

「要するに、昌やなくて、謎の誰かさんが取った手段やな。友市、急ぐなよ。その誰かさんの正体が分かった訳やないからな」

竹原はそう釘を刺し、先を続けた。

「便宜上、事件と言うておくけど、この事件が起きてから、誰かさんは勝手に捜査の真似事を始めた。そして、おれらと同じように昌が怪しいと睨《にら》んで、おれらがいない隙《すき》を狙《ねら》ってあいつに接近した」

「――はい」

「そうして誰かさんは、おれらよりも先に昌が犯人だと暴いた。だから、おまえ宛《あ》てに手紙を送ってきた」

瞬間、胸が疼《うず》いた。三通目の封筒は今日もまだスーツの胸ポケットに入っている。

「どうやって暴いたのか。どんな風に捜査の真似事をして、昌に行き着いたのかは不明のままや。まあ、どう考えても身内が怪しいってのは素人でも分かるケースやけどな」

「ええ、この件に限っては裏がありません。額面通りです」

「おれらも何度かあいつを聴取したし、その過程で、昌が犯人やと確信するようにもなった。けど、あいつはなかなか罪を認めんかった。なのに、謎の誰かさんはあっさりそれを実現させてしもた」

「実現させたその手段、ということですか」

車の前までやって来ていた。竹原はウィンドウ越しに昌を見つめている。

「昨日もちらっと言うたけど、やっぱりその手段は、おれらができんことのような気がして仕方ないんや」

確かに昨日、竹原はそんなことを言っていた。その時の会話を思い出す。

「暴力、ですか」と、友市は言った。

「それを含めた犯罪的な行為やな」

竹原の顔から笑みが消えている。竹原から聞きたくない言葉であったし、やはり、竹原に似合わない言葉でもあった。

「それが手っ取り早いと言ってましたね」

「ああ、言うた」

「この事件は確かに表面的です。だからといって、昌の口を割らせた方法もそうだとは」

「なあ、友市。おれらはあいつの経歴もざっと調べた。けど、不思議と弱味らしきもんは見当たらんかった。まだ独身やけど、女性の影もない。真っ白や」

その通りだった。銀行内での評判も悪くはない。前科どころか、トラブルの一つも抱えている様子はなかった。

「自称エリートのあいつには、暴かれたら困る弱味はなさそうや」と、竹原がまたタバコに火を点けた。「となると、『これを公表されたくなかったら、罪を認めろ』って脅迫が通用せんわな」

「はい。それに恐喝でもなさそうです。目的はお金じゃありません」

「そう。恐喝の場合、『黙っておいてやるから金を出せ』やろう？　けど、あいつは自供してる。その上で金銭も寄越せってのは、ちょっと不自然やしな」

竹原は煙を吐き、車内の昌を睨んだ。

その昌はウィンドウ越しに、友市と竹原の様子を窺っている。

「ということは、残るのは暴力しかない」と、竹原が言った。「暴力が絡んだ脅迫って言うた方がええのかな。どうや、何か飛躍してるか？　それやったら言うてくれ」

友市はじっと竹原を見つめた。ルームミラーで交わした時よりも、目が鋭く映る。

「飛躍とかいうよりも、こだわっているように僕には思えます。暴力というものに」

正直に告げた。

「こだわってる、か」

竹原はポケットから携帯用の灰皿を取り出した。何でも入っているポケットだった。

「ある意味ではそうかもしれんな」

「どういうことです?」

「何度も言うようやけど、おれは暴力なんて嫌いや。誰かを殴るなんて、したいとも思わん。けど、謎の誰かさんはそれをやった。多分、躊躇なく——そこにヒントがあるような気がする」

「ヒント?」

「誰かさんの正体や。おれらと違って、暴力を振るえる人物やないかと思う。そこにリスクを感じない人物やないかと思うんや。おまけに暴力に慣れてる。昌の顔は綺麗なままやろ。素人やったらまず顔面を殴るからな」

「だったら、昌にシャツを脱がせますか」

「あいつが白状せんかったらな。好んで男の裸なんて見たないわ」

竹原は表情を崩しつつ、すっかり冷めてしまったハンバーガーに齧《かじ》りついた。

「とにかく、そこら辺から探ってみようや。謎の誰かさんを」

12

橋詰は深々とイスに背を預け、固く腕を組んでいた。七条署組織犯罪対策係の捜査員たちは半分が出払い、残りはデスクで書類に向かっている。

午前十時を少し回った頃だった。橋詰は目をつむり、昨晩の光景を思い返していた。

カノンの部屋——そこは時が止まっていた。正確に述べるなら、数日前まで生活が営まれていた気配を残した部屋だった。

十畳ほどのワンルームタイプで、部屋の中央に小ぶりのテーブルが置かれ、それを挟む形で、壁際にテレビとベッドが向かい合っていた。

キッチンには冷蔵庫や電子レンジをはじめ、食器や調味料までが残されていた。

「やけに整ってるね」

そう言ったのは錠前屋であった。フローリングは綺麗に掃除され、ベッドメイキングもきちんとされていた。それは何らかの意志を感じさせるほどだった。

「宮本さんからざっとしか聞いてないけど、引っ越した訳じゃないよね。これだけインテリアが残ってるし」

「違うやろな」

「カノンさん、しばらく戻ってこないつもりなのかな」

「何でそう思うんや？」

「だって、ほら」

錠前屋は壁の下を指差した。そこにはコンセントがあった。しかし、プラグは一つも差さっていなかった。テレビも、ＤＶＤプレイヤーも。調べてみると、すべての電化製品はコンセントが抜かれ、動いているものは何一つなかった。

「徹底していますね」

安城は驚きの表情を浮かべていた。

橋詰も同様だった。一見すると、カノンの帰りを待っているようにも映る。だが、何も動いていない空間がそれを否定していた。

カノンは決して、食事や旅行に出かけたのではない……。

「覚悟のようなものを感じますね」

安城がぽつりと呟いた。

覚悟――その通りだと橋詰も思った。どんな理由か知らないが、カノンは多分、何らかの意志を持ってこの部屋を出たのだ。

では、その理由とは、その意志とは何なのか――。

橋詰は昨晩からそればかり考えていた。すぐに解答を導き出せるはずもないのに、脳裏で渦を巻き続けている。

ふっと目を開けた。デスクに放り出していた携帯電話が震えていた。

安城からかと思ったが、画面には非通知とあった。それで相手の見当がついた。宮本だ。伸ばした手を引っ込めた。それも昨晩からの頭痛の種だった。

６０１号室の状況を宮本にどう伝えるべきか。いや、そもそも伝えてよいのかどうか。ありのままを告げれば、また一悶着《ひともんちゃく》が起きる。その光景が目に浮かぶだけに、今はまだ宮本と距離をとっておきたかった。

また着信が入った。このまま放っておいても、宮本は橋詰が応答するまでかけ続ける。橋詰は仕方なく通話ボタンを押し、デスクを離れた。

「宮本、まだカノンは見つかってへんぞ」

必要以上に口調が荒くなっているのが自分でも分かる。

「そうですか……」

宮本の声にいつもの張りがなかった。寝不足かタバコの吸い過ぎか知らないが、ひどくかすれている。

「何やその声。疲れとんのか？」

「ええ、少し。ちょっと前まで車を走らせてたもんで」

「はあ？　えらい楽しんどるやないか」

「違います。気を紛らわせるためにドライブしてただけです。効果は全然ありませんでしたけど」

「ふん」と、橋詰は鼻を鳴らした。「そんなにカノンが心配やったら、失踪届《しっそうとどけ》を出せ。俺ももっと大っぴらに動いたる」

「あほなこと言わんといてください。自分の女を警察に捜してもらうようなヤクザがどこにいます？」

「実際そうやないか。俺は刑事やぞ」

「何を言うてはるんです。まともな刑事はヤクザに金を要求しませんって」

「ほう、そんな口叩けるなんて余裕があるな」

「オレのことはええんです。そんなことより、昨日はどうでした？」

やはり、用件はそれか。橋詰は固く唇を結んだ。

「ついさっき、橋詰さんのところに行かせた錠前屋から連絡があったんですけどね、あいつ、何も喋らんのです。橋詰さんに聞いてくれってだけで」

それは橋詰が釘を刺したせいだった。宮本には何も言うな、俺から話すと。宮本の暴走を食い止めるためだった。

「あの女、大したタマやないか」と、橋詰は意図的に話題をずらした。「腕もええし、頭の回転も早い」

「頭、ですか？」

カノンの部屋のクローゼットに、数着のドレスを見つけたのは錠前屋だった。いずれも生地が薄く、ラメやスパンコールが刺繡《ししゅう》されていた。

「カノンさん、もうお店には出ないつもりなのね」

ユナに残した伝言を知らないはずなのに、錠前屋はすぐにそう推測した。

「ドレスが残ってるってことは、そういうことやろう」

「宮本さんとも完全に手を切ったってことかな」

橋詰は何も答えられなかった。その代わりに、部屋に漂うカノンの決心らしきものが、宮本との決別を語りかけていた。

「大学はどうしちゃったんだろう」

錠前屋は続けてそう呟いた。

それは橋詰も懸念しているところであった。部屋には書籍やノートの類《たぐ》いが見当たらなかった。

その他にカノンの部屋から消えたものは、数着の服と下着、いくつかの靴と鞄《かばん》と化粧品くらいだろうと思われた。

錠前屋はハンガー同士の間隔や、靴箱に空いた隙間を指し示し、「気に入ってるものだけ持って行ったみたい」と言った。

そうなると、問題はそれらの衣服等をどうやって運んだのか、という点だった。

クローゼットの前に三人が集まり、互いに目を交わした。口には出さなかったが、何かしらの運搬車が必要だったのではないか、というのが共通の思いであった。

自ら車を用意したのか、あるいは別の人物に用意してもらったのか。

カノンは車を持っていたのか？　今、この電話で宮本に訊くこともできた。しかし、そうすれば、宮本は車がどうしたのかと訊《たず》ね返してくる。となれば、その背後にあるカノンの覚悟らしきものにまで話は及ぶ。

それは得策だと思えなかった。宮本はきっと自棄《やけ》を起こす。たがが外れた宮本を制御できるかどうか……それは橋詰にも自信がない。

「で、宮本。お前、どうするつもりなんや」

「どうって、それは捜しますよ。このまま放っておけませんって。オレはオレで動くつもりです」

「待て。俺の指示に従え」

「え？」

「大きな声では言えんが、俺ももう船に乗ってしもた。不法侵入してしもたんやからな。けど、お前が失踪届を出さん以上、通常捜査はできん。俺が個人で動く」

「ええんですか」

「その分の代金はもらうけどな」

「はあ……橋詰さんも欲張りや」

「も、ってどういう意味や」

「鋺前屋ですよ。昨日の出張代金、えらい請求されましたわ。ほんま、あいつ——」

子供の頃から宮本に可愛がってもらっていた、と鋺前屋は語っていた。宮本からすれば、その頃の印象のままなのかもしれない。小遣いでもやるかのように、嬉々《きき》として請求金額を支払う宮本の顔が浮かぶようだった。

「橋詰さん、そう言ってもらえるんは有難いですけど、オレも動きます。じっとなんかしてられません」

「だから、それを恐れとるんや。ええか、お前が好き勝手動いて、方々で面倒を起こしたら、本格的にうちの署が介入することになる。そうなって困るんはお前だけやない。俺もや。結果、共倒れや」

「ほな、オレは——」

「不本意かもしれんが、俺に従え。波風立てんようにな。昨日みたいにマンションで騒いだりしたら、ど突き回してやるからな。半殺しでは済まんぞ」

「女を捜すだけやのに半殺しですか」

「おう、それくらい腹をくくれ」

カノンもそうして決心して、一時的にせよ、あの部屋を出たのだ——橋詰はその言葉を飲み込んだ。

「ええでしょう」と、宮本が言った。「えらい借りを作ってしもて、あとが怖いですけど」

「大きな借りや。動いた分の代金をもらうだけではチャラにならんぞ」

「で、オレは何をしたら——」

「じっとしてろ。それか、好きなだけ車を走らせてろ」

宮本はしばらく間を置き、「分かりました」と答えた。やけに素直な態度だった。

こいつ、ほんまにヤクザか？

つい、そう疑いたくなる。そしてその分だけ、宮本との腐れ縁もまた深まっていくような気がしてならない。

刑事とヤクザ。どこまで近づこうが、決して友にはなれないし、なってはならない。今はまだ、金だけの関係を楽しんでいられる。しかし、これから先、互いの距離感が曖昧になっていくのではあるまいか……二人で食事をし、酒を酌み交わしている光景がぼんやりと浮かんでは消える。

あほらしい——橋詰は鼻で笑い、その絵を吹き飛ばした。

電話を切ると、入れ替わりに安城から着信が入った。今日は夜勤だと言っていた。

「おう、お早うさん」

「お早うございます。橋詰さん」

「まだ寮の部屋か？」

「はい。そろそろ署に向かいます」

交番勤務にあたる警官は、勤務する交番へ直接出向くのではなく、まず所轄署に寄り、保管庫から拳銃《けんじゅう》を受け取ることになっている。同様に、勤務後は所轄署の保管庫に返却する。

昨日、安城が七条署にいたのも、そういう理由からだ。拳銃を返し終えたあと、署内の橋詰を捜していたのだ。

「進展はありましたか？」と、安城が訊いた。

「ないな。安城、今日は朝までやったな」

「はい」

「ほな、今日は動けんか」

「ですが、明日交代すればそのあとは」

「その返事は——腹をくくったって解釈してええんか」

「構いません。今更、下りますとは言えません。カノンさんの行方も知りたいですし」

昨晩、カノンの部屋を出たあと、橋詰は安城を連れてファミリーレストランで遅い夕食をとった。その後、安城を自宅に送る際、橋詰は問いを残して去った。このままカノンの件に首を突っ込むかどうか、と。

「明日の朝まで考えろ」

そう言って、橋詰は自身の名刺を渡し、ともに行動することのリスクを説明した。警官としての将来に関《かか》わり兼ねない危険性もきちんと話して聞かせた。

「分かりました」

安城は迷いなく答えた。その顔にはもうはっきりとした意志が表れていた。

執着していないとはいえ、やはり警官だと感心しつつ、同時に、本当にこのまま加担させてもよいのかと不安も襲った。橋詰自らの手で、安城の未来を潰すことになるかもしれない。

そうして複雑な感情を抱えながら帰宅したのであるが、今、安城の返事を受け取っても、気分はすっきりと晴れなかった。ほんの少し光が差したが、橋詰の心はまだまだ分厚い雲で覆われている。

——雨にならへんかったらええんやけどな。

橋詰はふっと息を吐き、「また連絡する」と電話を切った。

一階ロビーに置かれたソファーに座った。とにかく、何があっても安城を守ってやらねばならない。橋詰自身が辞職することになったとしても、あるいは、宮本一人に罪をなすりつけようとも。

ぐるりと周囲を見渡す。何もかもが古い。このまま旧態依然とした警察の組織運営が続いていくのかと思うとぞっとする。より一層窮屈に、より一層閉塞感《へいそくかん》に苛《さいな》まれるのは目に見えている。

変えねばならない――。

橋詰は強くそう思っている。しかし、自分には何もできないことも痛感している。もう何年も淀《よど》んだ空気に晒《さら》され、侵されてしまった自分には、変化をもたらすことなど不可能だ。望むことさえ厚かましいのかもしれない。

絶対的に新しい力、新しい視野が必要だ。警官にしては一風変わった安城でも構わない。祝儀袋を受け取った成瀬でも構わない。とにかく、新しい警官が新しい組織を作るのだ。

味方のいない七条署の片隅に、橋詰は一人で座り続けた。

と、携帯電話に着信があった。

また宮本かと手に取ると、画面には見知らぬ番号が並んでいた。首を捻《ひね》りつつ応答すると、意外にも相手は女性だった。

「橋詰さん？」

あの錠前屋だった。

「カノンさん、どこの学生か分かったよ」

13

小雨が降り出した。まだワイパーの必要はなかったが、友市の視界の先には鈍い灰色の雲が広がっていた。

「ひどくなりそうやな」

竹原は助手席に移動していた。その右手には、もう冷めてしまったコーヒーカップが握られている。

車は北大路《きたおおじ》通に差しかかろうとしている。友市はミラーに目をやった。柴崎昌の横顔が映る。昌は黙ったまま、じっと車窓を眺めていた。何を言ったところで自分の意見は通らないと、ようやく観念したのかもしれなかった。

「このまま真《ま》っ直《す》ぐで構いませんか」

友市は隣に向けて小さく言った。

「ああ、好きなように」

竹原が一度だけ首を落とす。

この界隈《かいわい》には大学が集まっている。南には私立の名門D大学。東にはO大学。西にはB

大学。更に西へ行けばR大学がある。

　友市はそのR大学出身だった。

「そういえば、竹原さんの出身大学ってどこなんですか?」

「大学?　そんな昔のこと忘れたわ。一年も通わへんかったからな」

「え?　中退ってことですか」

「中退どころか、単位もとってへん」

　そう言って、竹原は明るく微笑《ほほえ》んだ。

　驚きを隠せなかった。友市は慎重にハンドルを握りながら、ちらちらと助手席を窺った。

　竹原と組んで二年になる。その間、彼がどんな性格であり、どんなタイプの刑事であるか、おおよそ理解したつもりだった。しかし、よく考えてみると、竹原の過去や経歴については、ほとんど知らないも同然だった。

　その思いが顔に出ていたのだろう、目敏《めざと》く察した竹原が口を開いた。

「互いの過去なんてどうでもええ。刑事はそういうもんや。嫌というほど毎日顔を合わせてるんや。それこそ、嫌な面を知ってしまうくらいにな。知る必要のないことは、できるだけ知らんままの方がええ」

　竹原の口調が妙にしんみりとしている。

「――僕の嫌な面も見えましたか」

「どう思う？」

「さあ、自分では分かりません」

「友市は珍しい刑事や。二年も一緒に過ごせば、一度や二度くらい腹立たしく思うのが当然や。でも、おまえに対してはそれがない」

「僕も同じですよ。後輩が言うのも何ですが、竹原さんとの仕事はとてもやりやすい」

「それは光栄や」

竹原の視線を頬に感じる。半開きになったその唇は、まだ何か言いたそうだった。

「おれはおまえに対して不快に思うところはない。けど、おまえはおれに対して、何か隠したがるきらいはあるな」

一瞬、ブレーキペダルに靴底が乗った。視界の隅で竹原の顔を窺う。その目には、昌に見せるような嫌らしさはない。少しばかり眠そうだが、確かに何かを訴えているようだった。

友市の額から一筋の汗が流れ落ちた。できるだけ平然を装い、それを拭う。

竹原は知っているのではあるまいか——その思いが頭を過《よ》ぎった。

まだ告げていない友市の過去。そして、いつかは告げるつもりである過去。

ふと、兄の墓に置かれた花束が思い浮かぶ。

——まさか、あの花束は竹原さんが？

そんなはずはない。兄のことに関して、友市はまだ何にも告げていないのだ。兄が警察官だったことも、増水した川に流され、命を落としたことも。それどころか、恐らく竹原は、友市に兄がいたこと自体知らないはずなのだ。

てのひらがじっとりと汗ばみ、ハンドルに吸いついている。喉《のど》が渇く。友市はフォルダーに置いたカップに手を伸ばし、残っていたコーヒーを一気に流し込んだ。

「……僕が何を隠していると？」

絞り出すようにして言った。

「さあ、何かは知らん」

「どうしてそう思うんです？」

「どうしてやろな」

竹原はのらりくらりと答える。

「別に何も隠していませんよ……例の封書だって、真っ先に見せたのは竹原さんです」

言ってしまってから、昌の存在を意識した。彼の前で話してよかったのか。

しかし、竹原は咎《とが》めなかった。ちらりと後部座席に目をやっただけだった。

「えらい上の方まで来てしもたな。適当に曲がってくれ」

竹原は不意に話を変え、胸の前で腕を組んだ。

北山通で東に折れると、雨足が強くなり始めた。フロントウィンドウにぶつかる雨粒の音が車内まで届く。まるで友市の心臓を叩かれているようにも感じられる。

友市はワイパーを作動させつつ、てのひらの汗を太ももの生地にこすりつけた。

竹原は兄のことを知っているのだろうか——その疑問が再び頭に浮かぶ。

兄が警官になったのは九年前。その時、竹原は既に警官だった。竹原は現在三十五歳であり、警官になって十年以上と語っていた。

ならば、どこかで兄と顔を合わせた可能性も——。

勘繰り過ぎだろうか。だが、友市のこめかみには刺すような痛みが残っている。この鋭利な刺激は一体何なのか。

友市はゆっくりと首を解《ほぐ》した。これではまるで、友市自身が尋問を受けているようだった。このドライブの目的は、出頭してきた柴崎昌に対する尋問ではなかったのか。

「——あの、どうしてやめたんです？」

これ以上考えまいと、友市は意図して話題を変えた。

「やめたって何を」

「大学です。どうして中退したんです？　折角入ったのに、勿体《もったい》ないじゃないですか」

「中退せんと、そのまま在学し続ける時間の方が勿体ないと思ったんやろな、当時は」

「それがどうしてまた警官に」

言って、はっとした。「友市はどうなんや」と切り返される可能性をすっかり忘れていた。そうなれば、また脳裏に兄の姿が現れる。

「いえ、何でもありません」

咄嗟《とっさ》に濁した。

しばらく車内に無言が流れた。車は北山通をそのまま東進し続けている。

鴨川《かもがわ》を渡る橋の上で渋滞が始まった。平日の午後としては珍しい。この先で車線規制でもしているのだろうか。

強く降り出した雨のせいで、鴨川が増水している。濁り始めた流れが、嫌な音を立てていた。その振動が橋からタイヤに伝わり、僅《わず》かに車を揺らす。

鴨川から目を背けた。視界に川が入らないよう、前方に集中した。

が、どうにも上手くいかなかった。心拍数が上がっているのが分かる。背筋にはじっとりと汗をかいている。

肩で呼吸を繰り返した。隣の竹原に気付かれたくなかったが、体がいうことを聞かなかった。

「あそこのコンビニでも入ろうか」

竹原が前方を指差していた。橋を渡り切ってすぐにあるコンビニだった。

竹原は明らかに友市の異変を察している。それゆえの言葉だった。友市の様子に配慮しつつも、「大丈夫か?」と声はかけない。何故なら、後部座席には柴崎昌がいる。刑事の弱味を晒すことはできない。

どうにか橋を渡り、友市はコンビニの駐車場に車を滑り込ませた。

「冷えてきたな。雨のせいか」と、竹原が何気なく呟いた。

「そうですね。温かいコーヒーでも買ってきましょうか」

「おれも行くわ。トイレもしたい。あんたは?」と、竹原が昌に訊いた。

「――いえ、結構です」

昌は素っ気なく答えた。目的を知らされず、強引に車に乗せられて腹を立てていたはずだが、今ではもうその表情は影を潜めている。

友市と竹原は車から出た。

昌の目を意識しつつ、店舗の壁に隠れたところで、友市は頭を下げた。

「竹原さん、すみませんでした」

「うん? 何を謝ってるんや」

「その……気を遣っていただいて」

「別に気なんて遣ってへん。ほんまに寒なってきただけや。タバコも吸いたかったしな」

そう言って、竹原はその場でタバコに火を点けた。

優しい男だ。そう思った。竹原は間違いなく、友市の荒々しい呼吸に気付いていた。だから、こうして車を止めさせた。時に嫌みな面が表に出るが、根本は穏やかで、他人を思いやる心を持っている。

京都府警の中でも一、二を争うほど忙しい河原町署で、そんな竹原に出会えたことは本当に幸運だった。本当によくしてもらっている。それこそ、実の弟のように。

それだけに、友市の罪悪感は募るばかりであった。隠し続けている兄のことについて、そろそろ打ち明けるべきなのかもしれない……。

「缶コーヒーでも適当に買《こ》うてきてくれるか」と、竹原がポケットを探っていた。「一応、あいつの分もな。どうせまた『やっぱりください』って言いよるから」

小銭を手渡された。友市はもう一度頭を下げ、店内に入ろうとした。

その時、竹原に呼び止められた。

「――おまえ、雨が嫌いなんか？」

友市の足がぴたりと止まった。

竹原は先程の友市の様子について訊ねているのだった。雨が原因で心が乱れたのかと。

友市は微かに首を振った。

違う。雨ではない。

増水した川が嫌いなのだ。兄を飲み込んだ濁流が嫌いなのだ。

14

「K大学じゃないか——そう言ってた」

錠前屋が電話口であっさりと告げた。

K大学といえば、言わずと知れた京都の名門国立大学である。橋詰は驚きを隠せなかった。宮本は「どこかの大学生」と語っていたが、まさかK大学だったとは。

「それ、ほんまかいな」

「うん、多分。優秀なのね、カノンさん」

「誰からの情報や」

「〈スターライト〉の女の子」

「え、〈スターライト〉に行ったんか?」

「昨日、橋詰さんと別れてからね」

橋詰の口から笑みが零れていた。昨晩、カノンの部屋で、錠前屋は「カノンさんに会ってみたいな」と何度か漏らしていた。「ちょっと興味が湧《わ》いてきた」と。

正直なところ、橋詰の胸の内には、あわよくばという期待があった。錠前屋の素性などまだ何も知らないが、その仕事ぶりには疑問を挟む余地がなかった。彼女がこの一件に関心を寄せてくれるのであれば有難い、そう思っていたのだ。

カノンは祇園でホステスをやっていた。その点を考慮すると、橋詰と安城では頼りない面がある。どうしても、女同士の方が話しやすいという局面に遭遇するし、おまけに彼女はもぐりときている。その辺りの機転も利くはずだ。実際、橋詰にとって、うってつけの女であった。

「どうやって潜り込んだんや」

「夜の仕事に興味があるって訪ねたの。で、少しだけ体験させてもらった」

「宮本の名前を出したんか」

「ううん、それだと警戒されるでしょ」

「で、その女の子は誰や？　ユナか」

ユナはカノンの指導係だった。何か思い出したのかもしれない。

「ユナ？　違うよ。キョウコさんって人。源氏名《げんじな》だけど。勤めて二年ほどだって。カノンさんよりも先輩」

「カノンが働き始めたんは？」

「今から一年くらい前みたい」

宮本は「付き合ってまだ半年程度」と言っていた。時間の流れは合っている。

「キョウコはカノンと仲がよかった？」

「会えば挨拶《あいさつ》するし、世間話もするって程度。特別に仲がいい訳じゃないみたい。キョウコさんからすれば、後輩のうちの一人だったんじゃないかな」

「ほな、何でK大学って分かったんや？　カノンから言い出したんか」

「違う違う。控室でカノンさんの鞄を見たことがあったんだって。ああ、中を覗いたんじゃないよ。鞄が開いてて、そこから本が見えたってこと」

「本？　それでK大って分かるんか」

「教科書って言えばいいのかな。分厚くて固苦しい感じの。キョウコさん、それに見覚えがあったらしくて。で、どこで見たのか考えているうちに思い出した。彼氏の家にも同じのがあったって」

「彼って、キョウコの？」

「そう。キョウコさんの彼、今年の春にK大学を卒業したの」

橋詰はしばらく声が出なかった。大学生のカノンがヤクザの宮本と付き合うことだけでも驚きだが、K大学卒のエリートもホステスと恋人関係にあるとは……。

「一昔前は遊ぶ金欲しさに水商売をって娘がほとんどでしたけど、今は真面目な娘が多くてね」

宮本はそんな風に語っていたが、どうやらその通りらしい。

「だからキョウコさん、カノンさんに訊いたの。『K大生なの？』って」

「そしたら？」

「恥ずかしそうに頷いたってさ」

さすがに高級クラブのホステスといったところか。キョウコの目敏さに舌を巻かざるを得なかった。

「なるほどな。その教科書、K大学の講義で使われてるってことやな」

「多分、農学部でね。キョウコさんの彼も農学部出身だって言ってたし」

「その著者の名前、分かるか？」

「スワベコウタロウ」

漢字を訊ねると、錠前屋は〈諏訪部《すわべ》耕太郎《こうたろう》〉だと説明した。

「へえ。そのキョウコって女、名前までよう覚えとったな」

「珍しい名字だから、音だけ覚えてたみたい。で、ネットで調べてみたら、諏訪部耕太郎が出てきた。農学部の准教授。専門は園芸栽培学」

「園芸栽培？」

「わたしも分からないけど、文字通り何かを育てるんじゃない？」

「諏訪部の顔は分かるか？」

「写真は掲載されてなかった。年は三十八歳。その年齢で准教授って凄いよね」

どう凄いのか橋詰にはさっぱり理解できなかったが、今は話を逸らしている場合ではない。

「じゃあ、カノンも農学部か。諏訪部の講義を受けとったと」

「可能性はかなり高いと思うよ」

「キョウコの彼と連絡はとれるか?」

「それは無理。わたし、体験入店してる身よ。そんなことまで訊ねたら、目的がばればれでしょ」

確かにそうだ。昨日の今日で、錠前屋はそこまでの情報を聞き出したのだ。まずはそれを褒めるべきだった。

「あんた、まだ若いのにやり手やな。そのままホステスやったら、ナンバー1になれるで。大したもんや」

橋詰が素直に評すると、錠前屋は驚いたように言った。

「意外だな。橋詰さんって、水商売を馬鹿にしてるタイプの人かと思ってた。ホステスも黒服も」

「そんなもん相手次第や。職業なんて関係あらへん」

「ってことは、わたしのこと、それなりに認めてくれてるの?」

「少なくとも、宮本よりはな」

「へえ。宮本さんが橋詰さんを慕うの、ちょっと分かったような気がする」

「うるさいわ。ヤクザに慕われる刑事なんて、褒め言葉でも何でもあらへん」

言って、橋詰は口を噤《つぐ》んだ。錠前屋に対して、「ヤクザ」と露骨な表現をしたのはこれが初めてだ。無神経だったかと思ったが、彼女に気にしている様子はないようだった。宮本の素性も既に知っているということだろう。

「ところであんた、まだ続ける気か」

「まあね。カノンさんのこともっと知りたいし、カノンさんが店にいなければ、宮本さんも来ないしさ」

断る理由はなかった。橋詰はユナ以外にも、〈スターライト〉のホステスから話を訊きたいと思っていた。その手間が省けることも有難かったが、何より助かるのは、錠前屋ならば橋詰よりも早く、かつ有益な情報を聞き出せるだろうということであった。

待てよ——ふと橋詰の頭を過ぎるものがあった。錠前屋の関心を上手く使い、協力させたつもりでいるが、実際はどうなのか。もしかすると、宮本はこうなることを読んでいたのではあるまいか。

宮本は子供の頃から錠前屋のことを知っている。彼女の性格や能力を熟知していたとしても不思議はない。それゆえ、彼女を橋詰の前に寄越したと考えるのは不自然だろうか。彼女もカノンに興味を持ち、何らかの形で捜索に乗り出すと想定していたのではなかろうか。

そうであれば、橋詰が錠前屋を操っているのではなく、橋詰自身も宮本のてのひらで転がされていることになる。宮本にはそれくらいのしたたかさがある。

橋詰は奥歯を噛みつつ、七条署の玄関ロビーを抜けて駐車場へ向かった。

「で、あんたの源氏名は何になったんや？」

「――パス」

それが彼女の答えだった。

橋詰は微笑みながら電話を切った。

よし、K大学へ行ってみるか。橋詰は自身の車に乗り、エンジンを始動させた。

タバコに火を点けた。吐き出した紫煙がフロントガラスに当たり、四方へ散っていく。

そこに浮かんでくるのは、カノンの整然とした部屋だった。

一体、カノンはどんな女なのか……。

最初、宮本から彼女のことを聞かされた時、二人とも互いに利用し合っているだけなのだろうと鼻白んだ。そして、互いに潰《つぶ》し合い、泥沼に足を突っ込めばいい、そうも思った。

しかし、今はどうだ。橋詰自身がカノンの捜索にはまり込んでいる。カノンという女性に興味を惹かれている。ある意味では、宮本以上に。

そして同時に、カノンを追えば追うほど、宮本との距離が縮まっていく気がしてならない。それは分かっているのだ。分かっているのだが……。

ふっと込み上げてくるものがある。その感情は空《むな》しさなのか、諦めなのか。

そんなことを考えているうちに、車は七条堀川の交差点に差しかかっていた。

そこには安城の勤務する交番があった。

背後に西本願寺の瓦《かわら》屋根が見える。交通量も観光客も多いため、それなりに大きな交番であり、人員も他よりも多く配備されていた。

だが、建物自体はひどく老朽化している。長年の雨風に耐えてきたのだろうが、その時間分の趣は感じられなかった。ただ古びている。味も素っ気もない。

――警察組織と同じじゃな。

橋詰は呟き、交番の手前で車を止めた。ガラス扉の向こうに、一人の制服警官の頭が見えた。机に向かい、事務作業をしている。祝儀袋を受け取った成瀬だった。安城が姿を見せるのはもう少しあとだろう。

安城をはじめ、昨日から若い制服警官と接触があったせいか、橋詰は新米刑事だった頃の自分を思い出した。

もどかしい日々を過ごしていた。体力があり余り、純粋な正義感と相まって、署の机でじっとしていられなかった。

そんな橋詰をからかいながらも、先輩たちは「そう焦るな」と諭してくれた。そして、捜査のイロハを教えてくれた。もちろん、警察学校で一通りの講習を受けるが、それはあくまでも机上のものであり、実践とはまた異なる。

衝《つ》き動かされるまま、無駄に走り回っていた自分を思い返すと、今でも赤面する。視野は狭かったし、世間のことなど何も知らなかった。きっと安城などよりも、ずっと幼かったであろう。それでも充実感はあった。今とは比べものにならないくらいに。

闇雲に先輩たちの背中を追っていると、必ず犯人に辿《たど》り着くことができた。手錠が橋詰の前に飛んできて、「お前がやれ」と手柄を渡されたこともあった。「泳がせろ」と、乗り込もうとする体を羽交い絞めにされたこともあれば、「あいつを取り込むぞ」と罪を見過ごし、悪人と手を組む手段も覚えさせられた。

時には容疑者を殴り倒し、どちらが犯罪者か分からないような態度で、自白や情報を引き出したりもした。街中だろうが、署内の取調室だろうが関係なかった。

そうして祝杯を上げ、朝まで酔い潰れ、翌日の会議に遅刻したことなど数え出したらきりがない。

だが、先輩たちはいつも守ってくれた。どれだけ上司から怒鳴られようと、自分が矢面に立ち続けてくれた。橋詰に刑事としてのあり方を提示し、一人前になるまで熱心に、また辛抱強く育ててくれた。

しかし——あのような日々はもうない。あちこちで怒号が飛び交い、拳を振り上げながらも、同時に笑い声が絶えないような活気に満ち溢《あふ》れた日々はもうない。

警察は変わった。このカノンの一件で、堂々と警察手帳を掲げられないくらいに。「七条署の橋詰だ」と、名乗ることに躊躇を覚えるくらいに。

安城たちにはそんな思いをさせたくなかった。もっと自由であって欲しい。もっと本能的で、攻撃的であって欲しい。そして、なおかつ柔軟でもあって欲しい。それこそ、交番勤務を抜け出し、カノンを追える程度に。

タバコの灰が膝《ひざ》に落ち、よれたチノパンツを汚した。昨日、宮本の財布から抜いた金がまだ余っている。それで新しいズボンを買うか。橋詰はそんなことを思った。

15

「いつまでこんなことを続けるのです？」

後部座席に座る柴崎昌が言った。苛立《いらだ》っているというよりも、ある種の諦《あきら》めを感じさせる口調だった。

「いつまでって、最初から言うてるやろ。あんたが正直に話すまでや」

竹原が髪をかきながら答える。

「私はずっと正直に話しています」

「だから、そんな嘘《うそ》はいらんのや」

「嘘なんて――」

竹原は演技的に肩を竦《すく》め、笑みを浮かべて見せた。そして、「なかなかやるな」と友市にこそっと告げた。昌がここまで口を割らないのは予想外だったのかもしれない。それでも、竹原は変わらず楽しそうに見えた。

車は府立植物園を越え、松ケ崎《まつがさき》辺りに差しかかっていた。このまま北山通を東に走れば、修学院《しゅうがくいん》に出る。

友市の目の前で、ワイパーが往復していた。雨は変わらず降り続け、止《や》む気配は感じられない。

指でまぶたを揉《も》んだ。昨晩の睡眠不足のせいもあり、さすがに眠気がやってくる。友市はあくびを嚙《か》み殺した。

時刻は正午を回っていた。もう三時間近くハンドルを握っていることになる。その時間を思うと、途端に首筋や腰に痛みが走った。

それは竹原も同様らしく、助手席でしきりに体を動かしていた。

「昼飯どうする?」と、竹原が言った。「お腹《なか》、減ってるか」

「いえ、それほどは」

「おれもさっきマクドで摘《つ》まんだからな」

続けて竹原は後部座席を見やり、「あんたはどうや?」と、昌に訊《き》いた。

「――いえ、結構です」

昌が無表情で答えた。頑《かたく》なに拒否するその態度に、友市は思わず笑みを漏らした。

「とりあえず、ちょっと休憩しよか。タバコ吸いたいわ」

竹原はポケットからタバコを抜き出し、口に咥《くわ》えた。

「あそこのファミレスで構いませんか」

少し先にファミリーレストランの看板が見えていた。友市は左に指示器を出し、減速し始めた。

「メニュー見たら、お腹が空《す》いてくるかもしれん」と、竹原が大きく背を伸ばす。

昼時とあって駐車場は混雑していたが、奥の方に一台分のスペースを見つけた。友市はそこに車を滑り込ませた。

エンジンを切るなり、竹原がドアを開け、雨の中を小走りで駆け出した。よほどタバコが吸いたかったらしい。車内には友市と昌だけが取り残される形になった。

友市はシートベルトを外し、ドアレバーに手をかけた。すると、それを見計らっていたかのように昌が声をかけてきた。

「あの、行き先はどこなのですか?」

友市はミラーを覗《のぞ》き、首を横に振った。

「知らないんですよ」

「それは本当ですか」

「ええ。竹原からは何も聞いていません」

「そう答えるように命じられているのでは」

「いいえ、違います」

「竹原刑事には絶対に言いませんから、教えていただけませんか」

「ですから、教えようにも知らないんです」

「絶対に口を噤《つぐ》んでおきますから」

友市は再び首を左右に振った。フロントウィンドウを叩《たた》く雨粒の向こうに、竹原の猫背が見える。ぼんやりと足元を見つつ、紫煙をくゆらせていた。

友市はふと思った。竹原は別にタバコが吸いたかったのではなく、こうして友市と昌を二人だけにしたかったのではないか。その際、昌がどんな態度を示すのか、友市だけに見せる別の姿が存在するのか、確かめてみようと考えたのではあるまいか。

実際、昌の口調には変化があった。竹原に対するよりも柔らかく、饒舌《じょうぜつ》になったような気がする。すなわちそれは、友市を下に見ている証拠だろうと思われた。

「竹原刑事は一体何を考えているのでしょうか」と、昌が言った。

「さあ、何を考えているんでしょうね」

「ずっとその調子ですね、安城刑事は」

「いけませんか」

「あなたなりの考えや推測はないのかと」

ややや鼻につく台詞《せりふ》だった。

「あったとしても言いませんよ」

鏡の中で昌の視線が少し尖《とが》る。

「竹原刑事は、私が罪を認めた背景に、第三者が存在していると考えていますね」

「ええ、そう言っていましたね」

「どうしてそう考えるのでしょう?」

「それは直接、竹原に訊いてください」

「あなたに訊きたい」

昌がほんの少し語気を荒らげた。友市ならば落とせる、自分の望む答えを得られると踏んでいるのだろう。

舐《な》められたものだと友市は顔をしかめたが、この態度の変わりようが可笑《おか》しくもあった。

「そんな第三者がいるんですか」と、友市は確認した。

「いません。そう言っています」

「竹原はそう考えていないようですよ」

「だから、私はあなたの――」

言いかけて、昌は口を閉じた。ずっと堂々巡りであることに気付いたらしい。

一瞬、ウィンドウ越しに竹原と目が合った。「どうや?」と訊《たず》ねられているような気がした。やはり、この状況を作りたかったのではなかろうか。

もしそうであるなら、友市に求められることは一体――。

「そんなに聞きたいですか。僕の考えを」

友市はぽつりと呟《つぶや》いた。その途端、昌が後部座席でぐっと身を乗り出した。

「竹原と同意見です。あなたの自供の背後には第三者がいると思っています。あなたに罪を認めさせた誰《だれ》かがいる」

鏡の中で面白いように昌は表情を消し、またシートに背を預けた。

友市は体を後方へ捻《ひね》り、直接昌を見やった。

昌はすっと視線を逸《そ》らした。ネクタイをいじりながら目を細めている。白いワイシャツは綺《き》麗《れい》にアイロンがかけられていたはずだが、この数時間のドライブのせいでしわが走っていた。

竹原は言った。その第三者は暴力で昌を自供させたと。そして、その誰かさんは暴力に慣れている人物だとも。

シャツを脱いでもらえませんか——その言葉が喉元《のどもと》に転がる。

それが竹原の狙《ねら》いだったのだろうか。昌に刻まれた暴力の証拠を探れと。

いや、それはないか。何もそんな回りくどいことをせずとも、「脱げ」と言えばよいだけの話だ。竹原と二人で迫れば、文句を垂れつつも、渋々従うであろう。それを突っぱねるだけの強さは昌にはない。

「竹原刑事は毎回こんなことをするのですか?」と、昌が窓の外を眺めながら言った。

「こんなこと?」

「こうして何時間も車で連れ回すようなことです。出頭した者に対して。問題にならないのですか」

「そうなった記憶はありませんね」

「いずれ署に戻るはずです。その時、私は彼の上司に訴えます。私には、これが捜査や聴取のようには思えません」

昌が挑むような目つきをしていた。彼なりの抵抗か。上司に訴えると凄《すご》めば、こちらの態度が軟化するとでも考えたのだろうか。

「聴取だと思いますよ。少なくとも、竹原はそう言っていましたから」

友市が答えると、昌は唇を固く結び、小刻みに震わせた。

友市は再び前方へと視線を戻した。

竹原の姿はどうにも呑気《のんき》そうに映るが、やはり何か意図があるような気がしてならない。

ふと、胃の辺りに不快感を覚えた。家を出てから口にしたのはコーヒーだけだ。だが、食欲はあまりない。

友市は先のコンビニで買った缶コーヒーを傾けた。喉を通り、胃に流れ落ちていく感覚が分かる。

ちくりと胃に痛みが走った。上着の上から、反射的にてのひらで押さえた。

そこに触れるものがあった。上着の胸ポケットに入ったままになっている――あの封筒だった。

はっとした。もしかすると、竹原はこの封筒を昌に見せろと言っているのではないか。いや、現物でなくとも、封筒の存在を示唆し、昌がどんな反応を示すか確認しろと告げているのではあるまいか。

この封筒は友市宛《あ》てに届いたものである。先輩とはいえ、他人の竹原から切り出す訳にはいかない。だから、自らは席を外すことで、友市にその機会を与えた。竹原がいれば何かと話しづらい。竹原なら、そこまで気を回す可能性は大いにある。

更に雨が激しくなった。ボンネットを跳ねる雨粒の音が車内に響き渡っている。

竹原の姿が消えていた。店内に入ったらしい。

友市はゆっくりとポケットから封筒を抜き出した。これまで何度も触れたせいで、いくつもの線が走っている。昌のワイシャツと同じように。

封筒の中から用紙を取り出し、そこに書かれた名前を見つめた。

柴崎昌。友市が追っている事件の犯人の名前。

そう、この件を含め、これまで送られてきた三通の共通点はまさにそこだった。たった一つの名前、犯人の名前が記されていた。

一通目が届いたのは約一年半前。友市が河原町署刑事課に配属となり、半年ほど経《た》ってからのことだ。

夜の路地で起きた傷害致死事件だった。肩が当たった当たらないという幼稚ないざこざが、事件にまで発展した。

加害者も被害者も若い男性で、ともに酒が入っていた。二人は互いにふらつく足で殴り合い、揉み合い、地面を転がった。その際、被害者は地面に頭部をぶつけたらしく、意識を失った。が、加害者は被害者を置き去りにし、夜道に消えた。

人気がなかったせいか、発見が遅れた。

それから数時間後、犬の散歩にやってきた老人が倒れている男に気付き、通報したのだが、救急隊が駆けつけた時には、男はもう息をしていなかった。

目撃談はほぼ皆無であったが、現場は入り組んだ路地である。犯人は付近の住人だろうと思われた。結果、さほど時間もかからず、何人かの容疑者をリストアップできた。

そうして逮捕も時間の問題だというある日、突然、封筒が届いたのだった。

友市は特に不審に思わず、何気なく封を切った。そして、驚いた。そこには見覚えのある名前が一つ記されていた。容疑者リストに並んでいた一人の男の名前が。

友市は慌てて、既にコンビを組んでいた竹原にその封筒を差し出した。

二通目は、それからおよそ半年後だ。

住宅街の中で、ひっそりと店を開いている質屋に強盗が入った。小さな店とはいえ、質屋という商売柄か、それなりに防犯設備が整っており、通報は素早かった。

しかし、それに気付いた犯人が逆上したのか、持っていたナイフで店主の左腕に切り傷を負わせた上、ショーケースのガラスを強引に割り、いくつかの商品を奪って逃走した。

店内の防犯カメラには、目出し帽を被《かぶ》った小太りの男が映されていた。目撃談もそれなりに出た。そのため、犯人逮捕までは比較的早かった。

だが、友市も竹原もどうにも腑《ふ》に落ちなかった。特に竹原は、「何か裏がありそうな気がする」と首を捻った。取調室で接見した容疑者は、強盗を計画するような男には見えなかった。どう考えても主犯格ではなく、従犯タイプの人物だった。

その点を問い質《ただ》したが、男は機械的に否定するだけだった。

「何か握られてるな」と、竹原は言った。

友市も同意見だった。何らかの形で主犯から脅されているのは間違いなかった。

そこに、二通目の封筒が届いた。

友市は竹原の前でその封を解いた。

そこには、質屋の店主の名前が書かれていた。友市と竹原が主犯格と睨《にら》んでいた人物だった。

二通目も正しかった。

店主に詰め寄ると、あっさりと白状した。自作自演。店主の狙いは商品にかけた保険金にあった。

強盗に入った男は店主に借金をしており、その帳消しを条件に計画に乗ったらしい。男は逮捕されてもなお、まだ自らの借金を考え、店主を守ろうとした。下手をすれば、店主の罪も自分が背負うつもりだったのだろうか。

義理固いというよりも、哀れに映った。あと味の悪い事件だった。

友市は過去の二通を思い出しながら目を閉じた。

今から思うと、封筒に記されていた二人に、どうして差出人について訊ねなかったのか不思議ではあった。誰かのいたずらだと思い込んでいたのか、単に深く考えなかっただけなのか。自分でもよく分からなかったが、ただ一つ言えるのは、二人は昌のように出頭することもなく、しつこく否認もしなかった。つまり、顔を合わせた時間は二人よりも昌の方が圧倒的に長いということだった。

「――柴崎さん」

友市は目を見開き、腹を決めた。

視界の隅に再び竹原が現れた。竹原はちらりとこの車を一瞥《いちべつ》したあと、忌々《いまいま》しいといった感じで雨空を見上げた。

「どうして僕なのです?」

「え?」

「昨日、烏丸五条の交番に出頭した時、あなたは僕の名前を出した。安城刑事と連絡がつくかと言って。何故《なぜ》、僕なのです?」

再度訊ねた。しかし、昌はまた唇を閉じ、顔を背けた。

友市は運転席から身を乗り出し、昌へと腕を伸ばした。例の用紙を指に挟んだまま。

「昨日、封書が届きました。僕宛てに。この手紙に見覚えはありますか?」

16

携帯電話がまた鳴った。ちょうど正午を回ったところで、橋詰はコンビニを出た直後だった。朝から何も食べておらず、橋詰はハンドルを握りながら、サンドイッチを缶コーヒーで流し込んでいた。

驚いたことに、電話は安城からだった。

「どないしたんや。午後から交番勤務やないんか」

「ええ、そうなんですが……」

どうも歯切れが悪い。嫌な予感が過《よ》ぎった。まさか、昨晩の不法侵入がばれたのか。橋詰はブレーキを踏み、車を路肩に寄せた。

「何かあったんか」

「最初に謝っておきます」と、安城が神妙な口調で切り出した。「橋詰さんの名前、出してしまいました」

「はあ?」

「いえ、どうしても気になって、勤務前にマンションへ行ってきたのですが……」

「マンションって、カノンのか?」

「はい。彼女の名前だけでも分からないかと」

橋詰の顔が途端に綻《ほころ》んだ。錠前屋に続き、安城もか。しかも、二人は自らの興味で動いた。祝儀袋もなしに。それが妙に可笑しかった。

「ほう、それで?」

「昨日の宮本の騒動で駆けつけた時、マンションに管理人がいることは知っていました。

ですから、彼を訪ねたんです。６０1号室の借り主は誰かと」

「彼いうことは、管理人は男か」

「ええ、気のいい初老の男性です」

「けど、なんぼ気がようても、簡単には教えてくれんやろ。お前、手帳持っとったんか？」

「いいえ、勤務前ですから。その代わりに」と、安城はそこで少し間を置いた。「橋詰さんの名刺を」

「俺《おれ》の名刺？」

確かに昨晩、自身の携帯番号を記して安城に渡した。そして、行動をともにするかどうか迫った。

「七条署の橋詰だと、つい名乗ってしまいました」

橋詰は大声を上げて笑った。

「わはは！　やるやないか安城」

「すみません……勝手な真似《まね》を」

「謝らんでええ。言うたやろ、全部俺のせいにしたら構へん」

「しかし……」

「自分が可愛《かわい》かったか。思わず保身に走るなんて、自分らしくないってか」

「……はい」

安城は今朝、カノンの捜索に加担する覚悟を伝えてきた。加えて昨日、「警官という職業に執着はない」といった類《たぐ》いの発言もしていた。にもかかわらず、橋詰の名を出した自分を恥じているらしい。

まったく腹など立たなかった。むしろ、安城も人並みに保険をかけるのだと好感を持ったくらいだった。

「不法侵入に身分詐称。刑事らしくなってきたやないか。え、安城」

高笑いが止まらない。これほど笑い声を響かせたのは本当に久しぶりだ。ついつい昔を思い出す。橋詰がまだ黒く染まる前のことを。

「で、名義は分かったんか？　俺の名刺で突き通したんやろ」

「はい。名義は男性でした」

「男？　宮本か？」

反射的に思った。宮本は自分が貸し与えた部屋ではない、もともとカノンが住んでいたと言っていたが、それを完全に信用している訳ではない。

「違います」と、安城が言った。「スワベという男性です」

「何やって⁉」

橋詰はハンドルに覆い被さるように身を乗り出した。

「スワベって、諏訪部耕太郎か⁉」

「はい。知っている男性ですか?」

今度は安城が驚いていた。

つい先程、錠前屋から得た情報——K大学の准教授、諏訪部耕太郎。まさか、安城からもその名前を耳にするとは思いもしなかった。

橋詰は錠前屋との会話をざっと話して聞かせた。安城の相槌《あいづち》が徐々に熱を帯びてくるのが分かる。

「K大学ですか。その学生が夜の世界に……」と、安城も橋詰と同じ感想を漏らす。「しかし、どういうことでしょう? 諏訪部名義の部屋にカノンさんが住んでいたとは。管理人も、601号室に女性が住んでいることを知らなかったようです」

「まあ、いちいち確認して回らんわな」

「同姓同名の別人ということは——」

「それはないやろ。共通項はK大学……二人はどういう関係や」

「単に先生と生徒ではなさそうですね」

どうやら、宮本の弁を認めざるを得ないようだった。あの部屋は宮本が貸し与えたのではない。それは確からしい。

「年の離れた兄妹《きょうだい》とか?」と、安城が自問するように言った。「地方出身なのか知りませんが、京都に出てきた妹のカノンさんを心配して、兄の諏訪部が部屋を探してやったとか」

「あり得る話やな」

状況だけを考えると、安城の説はかなり蓋然性《がいぜんせい》が高いであろう。兄妹ではなくとも、親族同士、もしくは親子という可能性もある。

だが、橋詰の脳裏には別のことも浮かんでいた。もっと嫌な推測が……。

「橋詰さん、すみません。そろそろ切らないと」

「おう、分かった。進展があったら連絡を入れる。勤務中は出られんやろうけど」

「はい、明日の朝までは」

「俺の名刺、どんどん使ったらええぞ。足りひんようやったら、交番まで持って行く」

「いえ、もういりません」

次からは自分の名を名乗るということだろう。橋詰はまた笑いながら電話を切った。

アクセルを踏み込んだ。すぐ先に東大路《ひがしおおじ》通が見えている。そこを北に上がって行けば、二十分ほどで百万遍《ひゃくまんべん》に出る。今出川通との交差点だ。

K大学といえば、その象徴でもある時計台がまず思い浮かぶが、それは今出川通の南側だ。確か、農学部のキャンパスは北に位置していたはずだ。橋詰にもそれくらいの知識はあった。

ハンドルを操りながら、宮本に連絡を入れた。カノンのことはさておき、諏訪部耕太郎の名を出してみるつもりだった。宮本がどんな反応を示すか試してみたかった。

しかし、呼び出し音は鳴り続けるだけだった。

――宮本の奴《やつ》、自分から電話をかけるくせに、こっちからは無視か。

橋詰は携帯電話を助手席に放《ほう》り投げ、タバコを咥えた。

午後一時を回ったところだが、空がやけに暗かった。いつの間にか分厚い雲に覆われている。橋詰はその濃い灰色に向かって車を走らせた。そして、今出川通で東に入り、しばらく進んだところで、フロントガラスに雨粒が落ち始めた。

農学部の正門は少し奥まった場所にある。さすがに前まで車で乗りつけることはできなかった。適当に路地に入り、そこに車を止めた。

大学には自治という厄介なものがあり、基本的に警察は介入できないことになっている。だが、橋詰が躊躇《ちゅうちょ》したのはほんの僅《わず》かな間だけだった。もう安城が橋詰の名刺を出してしまった。もしかすると、受け取ったマンションの管理人が既に七条署に問い合わせている可能性もある。

俺のことはいい――と、橋詰は微笑《ほほえ》んだ。面倒なことになれば、宮本の金で何とかする。相手を黙らせる。それに見合うだけの金は蓄えている。

小雨に濡《ぬ》れながら門をくぐった。

構内を歩く学生の姿は思っていたよりも少なかった。講義時間なのかもしれない。橋詰は傍《そば》にあった校舎の玄関口に入り、雨を避けた。

似たような建物がいくつか並んでいる。諏訪部がどこにいるのか、まるで見当もつかない。橋詰は通りかかった学生の一人に声をかけた。髪を茶色に染め、耳にピアスをした若い男だった。

「悪いんやが、諏訪部耕太郎はどこにおる？」

「はあ？」

「ちょっと会いたいんや」

「あんた、誰？　学生には見えないけど」と、男はガムを嚙みながら言った。

「諏訪部の知り合いや」

「それだったら、研究室くらい分かるでしょ」

生意気な男だった。橋詰はぐっと唇を嚙んだ。

「研究室は知らん程度の知り合いなんや」

「何それ」と、男が背を向けた。「他の人に訊いてくれる？　おれ、これからバイトだから」

橋詰は怒りを堪《こら》えながら言った。

「残念やな。バイトよりも稼げるチャンスやったのに」

面白いように男は足を止め、振り返った。

橋詰は頬《ほお》を歪《ゆが》め、男の目に留まるようにポケットから一万円札を抜き出した。

「お前、何のバイトしてるんや？」

「……飲食店だけど」

「一日働いて、一万くらい稼げんのか？」

男は首を横に振り、少しずつ橋詰の方へと近寄ってくる。

橋詰は手にした一万円札を、おもむろに足元へ落とした。

「俺の質問に答えてくれたらええ。そしたら、俺は消える。あとはお前の好きなようにせえ。お前の拾得物や」

男は警戒しながらも、白い歯を覗かせる。

「お前、農学部の学生か？」

「……ああ」

「諏訪部耕太郎はどこにおる？」

「多分……今日は休み」

「休み？　どういう意味や」

「掲示板見たら、休講だってよ。またかって感じ。まあ、こっちは助かるけど」

「またって、諏訪部の授業はよう休みになるんか？」

「ここ最近はね。あいつ、ちょっと調子に乗ってんだよな。来年は教授になるって話だし。

エリートか何か知らねえけど、普通は四十前で教授なんかなれない。祇園で接待でもしてんじゃねえの」

「接待？」

「そんな噂《うわさ》もあるってことさ。実際、おれの連れも何度か見たって言ってたし。祇園のキャバクラで黒服やってるやつが」

Ｋ大生の黒服と聞いても、橋詰はもう驚かなかった。

「どこの店や？」

「新橋通にある〈クラッシュ〉って店。でも、諏訪部は客じゃない。諏訪部を見たのは店の外。派手な女を連れて歩いてたってよ。女好きっていうか、女の趣味が悪いっていうか」

「ふうん。それにしても、えらい羽振りがええやないか」

「家が金持ちとかじゃねえの。知らねえけど」

男はもう橋詰の目の前まで来ていた。ちらちらと視線を下に振っている。

「諏訪部って、妹おるか？　この農学部に」

「妹？　さあ、聞いたことないけど」

「そうか。ほな、これで最後や。諏訪部はどこに行ったら会える？」

「研究室は二つ向こうの校舎に集まってる。でも、どこの部屋か知らない。おれ、まだ専門決めてねえし」

男の言っている意味がよく分からなかったが、橋詰は黙ってその場をあとにした。背中に男の声が聞こえる。

「でも、今日はいないし、祇園でも探した方が早いんじゃね」

振り返ると、男が一万円札を拾い上げていた。まさか、そのまま交番へ届け出ることはないだろう。

橋詰はその後、五名の学生をつかまえた。

そのうちの三名は一万円札を見せる前に消え、一人は一万円札を目にするなり、不審に思ったのか、逃げるように去った。きちんと話ができたのは残りの一人だけだった。

その彼も、先の茶髪と同じことを言った。「噂だけど」と前置きした上で、「諏訪部耕太郎は図に乗っている。今日も講義を休んで祇園で豪遊してるのではないか」と語った。

「派手なホステスを引き連れて」と。

祇園の派手な女、か。

カノンの部屋の名義が諏訪部耕太郎だと判明した時、橋詰は思った。

カノンは宮本の女ではなく、本当は諏訪部の女なのではないか——。

それならば名義の件も頷《うなず》けるし、カノンと一緒に歩いているところを目撃されたのだろうと想像はつく。

いや、待てよ。二人の学生は「派手な」女と評していた。だがカノンは逆で、地味で大人しい女だ。指導係のユナがそう言っていた。派手というのは恐らくユナ自身であり、宮本の前の女のようなタイプを指しているはずだ。

では、諏訪部が連れていたのはカノンではなく、別の女か……。

しかし一方で、カノンは宮本の女ではないと考えると、腑に落ちるのも事実だった。宮本がカノンの名前をはじめ、素性をまったく知らないこと。カノンの部屋の合鍵《あいかぎ》を持っていないこと。そして、宮本が惚《ほ》れるには少々毛色が違うこと。

カノンが自分の女であるならば、少なくとも名前くらい訊ねる。どんな付き合いにせよ、自分の女について深く知りたいと思うのが普通である。加えて宮本は、「言いたくない」という拒否が通用しにくい男だ。それなのに、宮本はカノンのすべてを受け入れている。合鍵を渡されず、平気な顔をしているなど、以前の宮本では考えられないことだった。

カノンはそれだけの女だ――宮本はそういった類いのことを恥ずかしげもなく口にしていたが、すべてが嘘だったとしたら……自分の女でないのなら、名前など興味はない。部屋に入ることもないのだから、合鍵も必要ない。

すべてが嘘――。

宮本の奴、上等やないか。俺に嘘をたれるなんて。

途端に頭に血が上る。

しかし――。

何故そんな嘘をつく必要があったのか？

事実、宮本はカノンの部屋の前で騒動を起こしている。つまり、彼女を探していることに間違いはないのだ。

では、橋詰に嘘をついてまで、カノンを探す理由とは何か。いや、橋詰を巻き込んでまで、カノンを追う理由とは何なのか。

６０１号室から消えたカノン。そして、その部屋を借りた諏訪部耕太郎――。

橋詰はタバコを捨て、怒りを抑え切れぬまま靴底で踏み潰《つぶ》した。

宮本に電話を入れた。しかし、変わらず呼び出し音が鳴り続けるだけである。

あのあほが――。

多分、声に出ていた。少々宮本を見くびっていたか。油断ならないと分かっていながら、珍しく殊勝な態度に気を許してしまったか。宮本の言葉を鵜呑《うの》みにするなど、明らかに落ち度は橋詰自身にある。

次に会《お》うたら、ただじゃ済まんぞ――。

橋詰は雨の中、走り出した。

まだ時間は早いが、祇園に行くと決めた。現段階で分かっている三者の共通項はその「祇園」である。諏訪部に関しては噂に過ぎないが、今現在、この校舎内にいないようだ。

ここにいても仕方がない。

まずは茶髪の学生から聞いた〈クラッシュ〉という店。それから〈スターライト〉。ユナやキョウコと直接話してみたかったし、できれば錠前屋のホステスぶりも拝んでみたかった。

17

「この用紙に見覚えはありますか？」

柴崎昌は友市の言葉が耳に入っていないようだった。目の前に差し出された用紙を食い入るように見つめている。そこに記された文字が自らの名前であると認識できない様子だった。

「柴崎昌と書かれています」と、友市は続けた。「あなたの名前です」

「……それが何か」

「僕に届いたんです、昨日」

「……誰から？」

「分かりません。差出人は不明です。しかし、あなたならご存知ではないかと」

「……どうして私が」

友市はじっと昌を見つめ、もう一度繰り返した。

「この差出人に心当たりはありませんか」

「だから、どうして私が――」

「言い方を変えましょう。あなたには、きっと心当たりがあるはずです。今、あなたの頭には誰かの顔が浮かんでいるはずです。違いますか？」

昌はぐっと奥歯を噛み、首を傾けた。微妙な表情だった。惚《とぼ》けているとも見えるし、まだ状況を把握できていないともとれる。

友市も竹原も、この手紙の差出人と、昌に罪を認めさせた者とが同一人物であると考えている。ならば、昌と差出人との間には何らかの接触があったはずなのだ。

その接触方法に関して、竹原は暴力を示唆した。それが正しいとすれば、昌は差出人と対面していることになる。

「いいでしょう。僕の言っていることが、あなたには理解できないらしい。では、あなたにも分かるように話します」

竹原のような皮肉が口を衝《つ》いた。

昌はむっとしたようで、眉間《みけん》に深くしわを刻んでいた。

「何度も言うようですが、あなたが自身の罪を認め、出頭した背景には謎《なぞ》の人物が存在すると考えています。そして、その謎の人物はこの封書の差出人でもある」

一瞬、昌が目を見開いた。今それに思い当たったといった感じで、何度か唇を上下させた。思いを発しようとしているのか、逆に隠そうとしているのか。とにかく、昌の喉元には様々な言葉がぶら下がっているようだった。

「謎の人物はあなたに罪を認めさせ、なおかつ、この封書を僕に送って寄越《よこ》した。その人物とは一体誰ですか？」

「……知りません」

「そんなはずはありません。あなたは絶対に知っている」

昌は目を逸らし、忙《せわ》しなく右手の指を動かし始めた。その五本の指は自身の膝《ひざ》を叩き、頬を走り、また膝に戻った。

「あなたが告げるまで、このドライブは終わりませんよ。竹原はそのつもりです。もちろん、僕も」

「外に出ても？」と、昌が小さく呟いた。

「大雨なのに？　外に出てどうするんです」

「喉が渇いて――」

「どうぞ」

缶コーヒーを昌に手渡した。竹原から言われ、先のコンビニで購入したものだった。

「あの、ちょっと綺麗な空気を……」

「車内も十分綺麗だと思いますが。どうぞ、窓を開けてもらって結構ですよ。雨が入らない程度に」

昌はボタンを操作し、少し窓を下ろした。そのまま缶コーヒーのプルトップを引き、口をつけた。

動揺しているのは明白だった。昌はこれまで何度かそんな態度を見せたが、今度ばかりは異質に感じられた。

竹原がいないせいか、動揺の奥に対抗心らしきものが見えない。言い返してやろうという怒りが薄い。突っかかろうというよりも、どういう状況なのか理解しようと懸命になっている。そんな風に映る。

友市にとっては好機だった。このまま責め続ける。車に閉じ込めたまま、外には出さない。トイレにも行かせない。無理にドアを開けたとしても、その先には竹原が待っている。竹原なら事態を察し、「車に戻れ」と命じるだろう。

「あなたは差出人を知らないと言う。ですが、ここに書かれているのは、あなたの名前に間違いありません」

「私の名前が書かれていたからといって、それが――」

「どうしてこれが届いたんでしょう」

「私には関係ありません」

「いいえ、あります」

「それがあなたに届いたからといって、私の罪が重くなったり、軽くなったりするのですか」

「あなたは見当がついているはずです。差出人に」

「そもそも、そこに書かれた名前が私を指しているとは限らないでしょう。同姓同名の他人かもしれない」

友市は首を左右に振り、はっきりと否定した。

「その可能性はありません」

「どうしてそう言い切れるのです?」

「あなたがこの事件の犯人だからです」

まるで意味が分からないといった様子で、昌はぽかんと口を開けた。

しばらく逡巡《しゆんじゆん》した結果、友市は語って聞かせることにした。ここに書かれた名前が持つ意味について。

「ですから、僕に送られてきた封書には、必ず一つの名前が書かれており、すなわちそれは犯人を示しているんです。つまり、ここに書かれた〈柴崎昌〉という名前は、あなたのことなんです」

昌は黙り込んでいた。シートの背に深くもたれ、じっと俯《うつむ》いていた。

「どうやら、この謎の人物は勝手に捜査の真似事をし、犯人を突き止めているようです。その目的や意図は分かりませんが、何故か確実に犯人に辿《たど》り着いています。そう、柴崎昌さん、あなたにです」

名を呼ばれ、昌の肩が一度ぴくりと跳ねた。が、またそれきり動かなくなってしまった。

「言いたくありませんが、謎の人物は我々刑事にも劣らない捜査力と情報網を持っているらしい」

車内の空気が濡れていた。昌が開けた窓の隙間《すきま》から流れ込む外気のせいだった。

友市は湿った鼻先と頬を手の甲で拭《ぬぐ》った。

「いや、それは脇《わき》へ置きましょう。謎の人物がどうして刑事の真似事をするのか。どうして刑事並みの捜査力を持っているのか。それに関して、あなたに訊ねるつもりはありません。竹原と僕が知りたいのは謎の人物の正体です。その人物は絶対にあなたに接触しているはずです」

沈黙が流れた。耳に痛いほどの沈黙だった。ボンネットを叩く雨音が遠くに聞こえる。

友市は目を逸らさなかった。じっと昌の顔に据えたまま、表情の変化を見逃すまいと睨み続けた。

五分、十分――いや、実際には何十秒後だったのかもしれない。

昌の唇が微《かす》かに動いた。そこから言葉にならない息が漏れる。正確には聞きとれなかったが、何かの言葉を繰り返しているようだった。短い言葉だ。

――あれがけいじ？

そう聞こえた。

――あれが刑事？

「『あれがけいじ』とは、どういう意味ですか」

友市が問うと、昌ははっとしたように顔を上げ、固く唇を結んだ。そして、てのひらで口元を何度も撫《な》でた。何気ない風を装ったつもりだろうが、成功しているとはお世辞にも言えなかった。再びの動揺が見てとれる。いや、それ以上か。友市の期待を差し引いても、狼狽《ろうばい》しているように映った。

「謎の人物は刑事なんですか？」

「……いえ」

「刑事に近しい人物？」

「……いえ」

このまま畳みかけたかった。

「では、『あれ』とは何を指しているんです？　あなたに罪を認めさせた謎の人物ですか」

次の瞬間、昌が出し抜けにドアを開けた。

「おい、待て！」

友市の制止を聞かず、昌が雨の中へ駆け出した。

「どこへ行くつもりだ！」

あとを追った。数歩も進まぬうちに、顔面から雨が滴る。目を開けていられないほどだった。

と、昌が立ち止まっていた。

その先には竹原がいた。

「……竹原さん」

友市も足を止める。

「こんな雨の中、どこ行くんや」

竹原は傘を差していた。そして、その腕からはもう二本ぶら下がっている。いずれも安物のビニール傘だ。

「今更逃げてもしゃあないやろ」

竹原は言って、提げていた傘を昌に手渡し、残りの一本を友市に向けて放り投げた。

「店の人に言うて貸してもろたんや。お客さんが忘れていった傘は余ってないかって。ほら、早よ差せ。風邪《かぜ》ひくぞ」

友市は傘を宙でつかみ、言われるがまま開いた。が、もうずぶ濡れに近かった。

「えらい濡れてしもたな。店のトイレ借りて、拭いてきたらどうや」

昌は呆然《ぼうぜん》といった様子で、まだ雨に打たれていた。竹原から渡された傘は閉じたままだ。グレーのスーツはもう変色し、特に肩の辺りはひどかった。

「早よ行け」

竹原が促すが、昌はぼうっと足元に視線を落としていた。その濡れた背中に怒りはない。どうして急に車から飛び出してしまったのか、自分の行動が信じられない、そんなことを語っているように見えた。

「……すみません」

昌がぽつりと零《こぼ》し、ようやく歩き出した。うな垂れたまま、ゆっくりと足を運んでいる。

結局、彼は傘を差さなかった。

「友市、あいつに何を言うたんや」

「何をって、竹原さんの思惑通りのことを」

「おれの思惑？」

竹原は目を細め、少し首を傾けた。

「――例の封書を見せました」

「ほう、あれを」

「そのためにあの状況を作ったんでしょう？　僕と昌の二人を車に残して」

「いや、別にそういうつもりやないけど」

「え、違うんですか」

竹原は伸びた髪をかき、小さく笑った。

「まあ、あの封書をあいつに見せたら、どんな反応するやろなって考えてたけど……その軒先でタバコ吸いながらな」

と、竹原は店の入り口をあごで示した。

「どうして二人だけにしたんです？」

「おまえも昌も、あとから来るもんやと思ってた。けど、話し込み始めたようやから放っておいた」

「そんな……」

「その上、えらい熱心に見えたから、車に戻るタイミングを失ってしもたわ。ちょっとタバコ吸い過ぎた」

そう言って、竹原は笑い声を上げた。

「僕の深読みでしたか……」

「そういう言い方をするな。現にその深読みは成功したんやろ？　少なくとも、何らかの成果は得たはずや。ああして昌は車から飛び出した。それだけおまえが追い詰めたってことや。それに――」

「はい？」

竹原の視線が友市に落ちていた。

「おまえを見たら分かる。顔色がえらい明るなった。あいつから情報を引き出した証拠や。違うか？」

友市は目を逸らした。顔に出ていると思うと恥ずかしかった。情報一つに一喜一憂するようでは刑事として失格だ。どんな状況であろうと、心情を隠すのが鉄則である。

「おまえは素直なええ刑事になるわ。おまけに頭の回転も早い。ええパートナーや」

「――え？」

咄嗟《とっさ》に言葉が出てこなかった。竹原が何を言っているのか分からなかった。

視線を戻した。竹原の眠そうな目とぶつかった。やはり、友市の深読みなどではない。

二人を車内に残したのは竹原の思惑だったのだ。そして、友市はそれを察した。だからこその言葉なのだ。

「ほな、おまえの成果を聞かせてもらおか」

竹原が車に向かって歩き出した。

「昌はどうします？　呼びますか」

「放っておいたらええ。そのうち戻ってくるやろ。ここで逃げたって何の意味もあらへん。それが分からんほど、あいつもあほやない」

車の傍に、例の用紙が落ちていた。雨に濡れ、文字が滲《にじ》み、アスファルトにすっかり張りついていた。昌を追った際、落としてしまったらしい。

しかし、もう必要ない。

激しい雨が傘を打つ中、友市はそう思った。

18

午後四時になろうという頃《ころ》、橋詰は新橋通に着いた。新橋通は東行きの一方通行だ。道幅がなく路上駐車することもできず、パーキングに車を入れた。

祇園の街に明かりが灯《とも》り始めるのは午後七時を回ってからだ。この時間では、どこもまだオープンしていないだろうが、開店準備を始めていることを期待して、橋詰は新橋通を歩いた。

雨が本降りになりつつある。そのせいだろう、いつもより多くのタクシーが橋詰を追い抜いて行く。

〈クラッシュ〉は新橋通沿いにあった。五階建ての小ぶりな雑居ビルで、外壁から控え目に突き出た看板を見る限り、すべて夜の店のようだった。

〈クラッシュ〉はその四階だった。一階通路の中ほどにエレベーターが設置されており、ちょうどケージが待機していた。橋詰は濡れた髪を雑にかきながら、箱に乗り込んだ。

ふと思い出されるのは安城のことだった。昨晩もこんな狭苦しいエレベーターに乗った。その際、安城は箱の中にいた酔客に見向きもしなかった。

安城に興味を持ったのは、祝儀袋を返却しにきた時が最初であったが、更に橋詰の関心をくすぐったのは、まさしく、あのエレベーターの中だった。

――面白い刑事や。

安城にはこのまま育って欲しい。警官らしからぬ面を持ったままで構わない。そんな若い警官が増えれば、このケージのように窮屈な警察組織も少しは変わるかもしれない。改めてそう思った。

鉄扉が開くと、細長い通路に出た。〈スターライト〉が入っているビルと構造がよく似ている。一フロアに二店舗。通路の両端にそれぞれ扉が見える。

どちらもしんと静まりかえっていた。客どころか、ホステスや黒服などの気配もない。この時間では無理かと思いながら、橋詰は〈クラッシュ〉の扉をノックした。真っ赤に塗られたアルミ製のもので、それだけで、おおよそ店のランクが分かった。

中から応答はなかった。何度か叩いてみるが、やはり同じだった。

誰もいない通路には湿気が滞留していた。橋詰は濡れたジャケットを脱ぎ、小脇に抱えて汗を拭った。そして、どこかで一杯飲んでから出直すかと、エレベーターのボタンを押した。

一階に到着すると、目の前に白い花が飛び込んできた。もちろん、胡蝶蘭《こちょうらん》だ。その鉢が三つほど足元に置かれている。このビル内で新しい店がオープンするのだろう。

しばらく見ていると、胡蝶蘭の鉢がたちまち五つに増えた。宅配業者の青年がワンボックスから運び出している。

「何階や?」と、橋詰は青年に訊いた。

「あ、すみません。五階です」

「手伝ったろか?」

「いえ、そんな」

何気なく鉢に刺さった立て札を見た。

〈クラブ愛南《あいな》〉愛南ママへ——とある。

愛南? 覚えのある名前だった。

はっとした。宮本だ。宮本の前の女……。

「兄ちゃん、これ、五階に運ぶんやろ?」

橋詰は胡蝶蘭を指差しながら言った。

「ええ、そうですけど」

「店に誰かおるんか？」

「はい、ママが。明日がオープンですので、準備に追われているみたいですよ」

「兄ちゃん、悪い。先に上がるわ。これ、一つ貸してくれ」

橋詰は鉢を手に取り、急いでケージに戻った。五階のボタンを押し、扉が閉じるまで何度も「閉」を連打した。

愛南とはいかにも源氏名《げんじな》のようだが、本名だと宮本から以前に聞いた覚えがあった。当然、同名の別人という可能性も残されているが、それはないと橋詰の勘が否定する。

愛南は以前、同じく新橋通沿いの〈バタフライ〉というクラブに勤めていた。ナンバー1、2を争うような女ではなかったが、宮本に見初められた。橋詰の知る限り、その関係はもう三年になるはずだから、愛南はもう三十歳を迎えている。

だが半年前、宮本の前にカノンが現れた。と同時に、愛南は捨てられた――宮本はそう言っていたが、今となっては、果たして本当かどうか怪しい。カノンが宮本の女でなかったならば、愛南とまだ続いていていても不思議はない。この〈クラブ愛南〉の開店にも、宮本の金がつぎ込まれているかもしれない……。

五階に到着した。ケージから出るなり、甘い香りが鼻を衝いた。通路の西側にいくつか胡蝶蘭が並んでおり、店の扉は開いたままになっていた。

「ほう、えらい出世したやないか」

橋詰は鉢を持ったまま、店内に入った。間接照明の薄暗い通路を抜けると、煌《きら》びやかな光の粒に襲われた。シャンデリアが天井からぶら下がっているのだ。フロアの面積からすれば、大き過ぎる代物だった。

「どなた?」

奥の方から、鼻にかかった声がした。キッチンカウンターの向こう側で、一人の女が何やら作業をしている。

じっと目を凝らした。

やはり——宮本の前の女、愛南だった。

「〈バタフライ〉から独立か。随分と稼いだもんや」

「……橋詰さん」

愛南は一瞬、むっとした表情を滲ませたが、すぐに綺麗に整えた。夜の世界が長いだけあって慣れたものだった。

「あら、珍しい。どうされているのか気にしてたのよ」

さらりと出る世辞も、もう完全に板についている。

「これ、祝いや」

橋詰は傍らのテーブルの上に胡蝶蘭を置いた。

「まあ、有難う。さすが橋詰さん。私が店を始めること、よくご存じで」

「宮本から聞いたんや」

鎌《かま》をかけた。二人がまだつながっているとするならば、宮本が何か話している可能性もある。

「宮本から？」と、彼女は首を傾《かし》げた。「ふうん、橋詰さんが宮本を可愛がっていたのは知ってたけど……」

「けど、何や？」

「てっきり、私は好かれていないと思ってたから」

橋詰は一つ頷き返した。今でも愛南のことはよく思っていない。必要以上に化粧が濃く、必要以上に香水を振り撒《ま》く女など、どうして好きになれようか。それがたとえホステスであったとしてもだ。

愛南と実際に対面するのはおよそ二年ぶりになるが、彼女のその趣味はまるで変わっていなかった。肌に染みた柑橘《かんきつ》系の香水のせいで、胡蝶蘭の香りが完全に飛んでいた。

「別にあんたのことは好きやない。宮本のこともな」

愛南がおどけるように肩を竦めた。「よく言うわ」といったところか。宮本から橋詰へ金が流れていることを、彼女も知っているのだ。

橋詰は改めて店内を見回した。フロア自体、それほど大きい訳ではない。テーブル席は六つだけである。だが、どのシートもすべて黒の革張りで、高級感があった。

「開店資金はいくらや」

「橋詰さんが思っている以上よ」

「そのうち、宮本の金は？」

「宮本に聞いてみたら？」

「宮本は何で稼いどる？　えらい羽振りがええやないか」

「橋詰さんの方が詳しいでしょ」

「あんた、宮本とまだ続いてるんやろ」

「宮本はどう言ってたの？」

愛南はさらりと受け流す。

「カノンって女、知ってるか」と、橋詰は意図的に話を変えた。「花見小路にあるクラブ〈スターライト〉の女や」

どんな反応を見せるか、橋詰は睨むように愛南を見つめた。

「ここ最近、宮本はそこに出入りして、カノンって女に入れ上げとるって話や。知ってるか？」

愛南はカウンターの天板を丁寧に拭《ふ》いていたが、一瞬、その手が止まったように見えた。

「こういう話は伝わるんが早い。あんたの耳にも届いてるはずや。知らんふりしてやってんのか。優しいやないか。そんなに宮本に惚れとるんか。それとも、宮本の金がないと困るってか」

　愛南の手がゆっくりと動いている。ほんの少し垣間見《かいまみ》えた動揺は気のせいか。

「ここは祇園や。小ぶりな店とはいえ、あんたの稼ぎで店を出せるはずがない。言っちゃ悪いが、あんたは宮本に拾われたから、夜の世界で生き残れた。この店も手に入れた」

「……同じでしょ」と、愛南が漏らした。

「ん？」

「あなたも……私と同じくせに。宮本に飼われてるくせに」

「あほか。あんたと一緒にすんな。俺が宮本を飼《こ》うてるんや。宮本と切れたって、俺は一向に構わん。他の奴を探すだけや。そいつから金をたかるだけや」

「……腐ってる」

「否定せんよ。その点についてはあんたと一緒や」

「私は腐ってなんか――」

　愛南は手にした布巾を握り締めた。そのまま感情が破裂するのを期待したが、彼女は両肩を震わせ、ぐっと堪えた。懐が深いのは長年の経験による賜物《たまもの》か。橋詰は素直に感心した。

「……何とでも言えばいいわ、橋詰さん。それに、宮本が他の女に手を出していても結構よ。どうせ、いつかは私のところに帰ってくるから」

「ほう、えらい自信やないか」

「当然でしょう。だって——」

愛南がカウンターから出て、全身を露《あら》わにした。ゆったりとした黒のワンピース姿——その腹の辺りがふっくらと大きくなっていた。

「な、何やそれ⁉」

「何って見たままよ」

「あんた……妊娠してんのか」

「そう。もう六ヶ月。宮本の子よ」

「ほんまか⁉　ほんまに宮本の子か？」

「当たり前じゃない。他に誰がいるのよ」

「……諏訪部耕太郎」

咄嗟にその名前が口を衝いていた。

「諏訪部？」と、愛南が首を捻る。「ああ、大学の先生？　私の前のお客さんよ。〈バタフライ〉にいた時の」

「はあ？　諏訪部があんたの客やって？」

自らその名を口にしておきながら、状況がよく飲み込めなかった。

「よく店に来てくれてたわ。同伴もアフターも何度か行ったしね。ちょっと偉そうで、鼻につくきらいはあったけど」

「ちょっと待ってくれ」

――諏訪部が愛南の客？

一瞬、光が灯ったような気がした。まだ遠く、ほんの僅かな光である。だが、橋詰はその光に触れようと懸命に手を伸ばす。

宮本と諏訪部。その二人に接点があるのだとしたら……しかも、両者の間には愛南がいる。

「橋詰さん、どうして諏訪部さんのこと知ってるの？」

愛南を無視し、橋詰は考え続ける。

「あんた、〈バタフライ〉を辞めたんはいつや？」

「半年前。妊娠が分かってから」

「諏訪部はいつまで店に通ってた？」

「いつまでだったかな。辞める直前は見てないけど、その前くらいまでは来てくれてたと思う」

そうか、ならば今回の一件は、すべて半年前に動き出したということか。愛南の妊娠が判明し、諏訪部は去った。そして、宮本はカノンと出会った。

「あんた、諏訪部と寝たんか？」

愛南は眉根《まゆね》を寄せたあと、ふっと柔らかく解いた。

「ご想像にお任せするわ」

橋詰はフロアの中央まで歩み出た。頭上からシャンデリアの光が降り注ぐ。

「宮本の金づるは諏訪部なんか？　諏訪部の家はそんなに金持ちなんか」

「さあ、知らない。宮本に訊いて」

「おう、ここに呼べ」と、橋詰は愛南を睨みつけた。「宮本の奴、田舎ヤクザのくせに羽振りがええと思ったら、そういうことか」

「そのお金がないと橋詰さんも困るんじゃないの？　正直に認めたらどう？」

「あほか」

「宮本をどうするつもり？　捕まえるの？」

一瞬、言葉に詰まった。

「宮本が捕まったら、すべて終わりよ。私もこの店も――橋詰さんも。ねえ、本当にそれだけの覚悟あるの？」

愛南が腹をさすりながら、満面の笑みを浮かべていた。

宮本を切る覚悟が本当にあるのか？

橋詰は自分に問うた。「ある」と一度は答えを出したものの、それは意地に過ぎなかった。愛南が言った通り、宮本が終われば、橋詰も終わる。宮本が何も語らずに一人で沈むことなどあり得ない。橋詰は辞職に追い込まれる。何も警察組織を変えられないまま、金という手段も失ったままに……。

愛南に悟られないよう舌を打った。

しかし――。

このまま引き下がる訳にはいかなかった。宮本を切れないとしても、決して屈することはできない。宮本に動かされるのではなく、橋詰が宮本を動かす。そうでなければならない。そうあり続けなければならない。

橋詰は更に歩を進めた。

「その子の名前はもう決めたんか?」

「サチコ。幸せになる子」

「ほう、普通の名前やないか。けど、こんな時に店を出さんでも。腹の中で幸子もしんどがっとるぞ」

「それは違う、橋詰さん。どうしても、今のうちに店を持ちたかったの。この子が生まれたら、私は思いっきり可愛がる。一生懸命育てる。だから、それまでに店をオープンさせて、人を育てておきたかったの。私の代わりをしてくれる女の子を。店を持つことも、いい母親になることも、どっちも私の夢だから」

「その二つの夢を同時に叶《かな》えたって訳や」

「そうよ。私は店を成功させるし、いい母親にもなる。絶対に。だから……」

愛南が優しく腹を撫でている。

「だから何や」

「私をそっとしておいて。宮本を切るのなら、それでもいい。でも、私を巻き込まないで。この子の将来を潰さないで」

愛南がゆっくりと頭を下げた。

「お願いします……橋詰さん」

ぐうの音も出なかった。愛南はとっくに覚悟を決めているのだ。子を授かった時から。いや、宮本の女になった時からか。

「ええやろう。よう分かった」

これだけの覚悟を見せつけられては、そう答えるしかない。

「約束しよ。あんたとはもうこれきりや。何があっても口にはせん。けど、宮本とは決着をつけるで。どう転ぶか俺にも想像がつかんけど、それでええな?」

「……いいわ」と、愛南が頷いた。

「よし。今、宮本はどこにおる?」

「知らないわ」

「ほな、宮本と連絡をとってくれ。俺の電話は無視しよる」

橋詰は〈愛南〉に入ってから、初めて笑みを見せた。

「西大路のマンションに来い。カノンが戻ってきよった――そう伝えてくれ」

19

「『あれがけいじ?』か。なるほどな」

友市は竹原に話して聞かせた。車内で柴崎昌が語ったこと、彼から訊ねられたこと、それらをできるだけ客観的に伝えた。

竹原は適度に相槌を打ちながら耳を傾けていた。そして、彼の目が鋭くなったのは、やはり『けいじ』の件であった。

「どう思いますか、竹原さん」

「それはやっぱり、『あれが刑事?』やろ。おまえとあいつが交わした会話の流れから考えても、それが一番自然や」

「では、『あれ』とは――」

「あいつに罪を認めさせた謎の誰かさん、やな」

「やはり、謎の人物は昌と接触していたんですね」

「睨んだ通りや。『あれがけいじ？』ってのを詳しく翻訳したら、『自分に接触してきたあの人物が刑事さん？』ってことやろう。それ以外にはちょっと考えられん」

竹原は助手席で大きく背中を伸ばした。その拍子に、彼のジャケットからタバコの香りが漂ってきた。本人も先程タバコを吸い過ぎたと言っていた。

「逆に言えば、あいつからしたら、謎の誰かさんは刑事には見えんかったってことやな」

「はい。昌は少なからず驚いているようでした。僕にはそう見えました。希望的観測でしょうか」

「そう思うんか？」

分からなかった。だが、友市の目には確かにそう映った。

「まあ、希望的観測やないとは言い切れんけど、友市を疑う理由もないしな。とにかく、あいつは『刑事』って言葉に反応した」

「よほど、刑事というのが意外だったんでしょうね」

「思わず、ぽろっと零してしまうくらいにな。それほどの衝撃があったんやろう」

「昌にはどんな風に見えていたんでしょう。謎の人物は」

「意外性を考慮したら、えらい軟弱に見えてたか、えらい凶悪に見えてたか」

竹原は胸の前で腕を組み、窓の外を眺めた。何か熟考しているといった様子で、時折、軽くまぶたを閉じる。

昌の姿はない。まだ店のトイレで服を乾かしているのだろう。

「刑事には見えんけど、刑事の真似事をしてる誰かさん、か」

じっと竹原を見つめた。眠そうな目の奥に光るものがあった。竹原なりに思うところがあるに違いなかった。

「竹原さんはどう考えているんです?」

「おれは――刑事やないかと思ってる」

ぐっと息を飲み込んだ。竹原が初めて語った具体的な推測だった。そして、その言葉は友市の胸の奥を刺激した。

「刑事に見える見えんは脇に置いてやな、その行動力だけを考慮すれば、刑事である可能性は高いと言わざるを得ん。この件も含めて三件、みんな犯人に行き着いてるんやから。単なる真似事どころやない。何も現職やなくてもええ。元刑事でもええ。とにかく、何らかの形で捜査経験のある人物ってことや」

否定する理由はどこにもなかった。謎の人物は確かに優れた捜査力と情報網を持っている。刑事に勝るとも劣らないほどの。確実に犯人に辿り着くほどの。

謎の人物は刑事――友市は小さく繰り返した。

そうだ。友市自身も頭の片隅で、そんな風に考えていたのだ。謎の人物は刑事、もしくは刑事経験のある人物ではないかと。だからこそ、竹原の言葉が胸を刺したのだ。

これまで口に出さなかったのは、その推測をどこかで否定する自分がいたからだ。第一、刑事が担当外の事件を捜査するなど馬鹿げている。そんな時間もなければ、意味も見出《みいだ》せない。

しかしまた、それを否定する自分もいた。謎の人物は高い捜査能力を備えている。優れた嗅覚《きゆうかく》を備えている。そんな力を持っているのは、刑事以外にあり得ない。

竹原の横顔を覗き見る。まさか竹原も同じように考えていたとは——。

驚くと同時に嬉《うれ》しくもあった。友市の考え方が間違っていなかった証拠だ。

仮に、ともに誤っていたとしても、それはそれで構わない。少なくとも、刑事として同じ方向を見ていることは確認できたのだ。

少し雨の勢いが弱まった。ボンネットを打つ雨音が軽やかになった。が、上空に雲の切れ間はない。

「謎の人物が刑事だとすると」と、友市は切り出した。「あの封書の差出人も刑事ということになりますね」

「せやな」

竹原は頷き、ふっと一つ息を吐き出した。

「そもそもの始まりはあの封書やった——ここに一人の刑事がいるとする。何故か知らんが、そいつはある時期から、おまえに興味を持ち始めた。おまえが担当する事件を調べ、頼みもせんのに捜査に乗り出した。そして犯人に辿り着き、ご丁寧に封書を送ってきた。犯人の名前を同封して。けど、おまえはそんな人物は知らんと言う」

「はい、まったく」

「でも、そいつは友市にこだわってる節がある」

「他の誰かに同じような封書が届いたという噂は聞いたことがありません。竹原さんはどうですか？」

竹原はゆっくりと首を左右に振った。

「何で友市なんやろ」

「分かりません」

「そいつは柴崎昌に命じた。出頭するなら安城刑事を訪ねろと。すべてが友市や」

何とも答えようがなかった。どうして自分なのか――。

「おまえを疑ってるんやない。ほんまにそんな刑事、知らんのやな？」

「知りません。こうして懇意にしているのは竹原さんくらいです。同じ強行犯係でも、他の方とは一緒に動きませんし、係や課が違えば尚更《なおさら》です」

「ということは、この刑事は一方的に友市を知ってることになる。そして一方的に――」

竹原はそこで言葉を区切り、じっと窓の外を見つめた。

「一方的に……何ですか」

「おれには——そいつが友市に対して、弱味か何かあるように見えて仕方ない」

「え？」

一瞬、竹原の言っている意味がよく分からなかった。自分に対する弱味？　もう一度、頭の中で繰り返す。

「いや、弱味ってのは便宜上や。引け目と言ってもええし、借りと言ってもええ。あるいは、恩」

「恩、ですか」

いずれにせよ、予想外な言葉だった。

「何度も言うようやけど、この刑事は友市にこだわってる。おまえの事件を調べ、おまえの追う犯人を指摘した。何故そんなことをする？　何故そんなことをする必要がある？」

「何故と言われても……必要なんて……」

「あらへんな。現職の刑事やったら、そんな暇なんてない。けど、そいつには時間を作ってでもする必要があった。お前の事件を追いかける必要があった」

「どうして——」

「言うたやろ、すべてが友市やと。すべてがおまえのためなんや」

「僕のため？」

「おれにはそう思える。友市の代わりという訳やないが、おまえの事件を捜査して、犯人を割り出す。そして自らは逮捕に踏み切らず、おまえに封書で知らせた。何故か？　おまえの手柄にさせるためや」

「僕の手柄に……」

「理由はおれも分からん。おまえの評価を上げるためなんか、昇進させるためなんか知らん。いずれにせよ、そいつは一方的におまえを助けようとしてる。おまえのために動いてる。だから、弱味や借りや恩って言葉を使った」

竹原の視線が友市の顔を鋭く刺していた。いつになく熱を帯びた眼差《まなざ》しだった。

「刑事ってのは自分のために動く。人のためになんか腰を上げん。ましてや、他の刑事のためになど絶対に動かん。手柄を横取りされることを極端に嫌う人種やからな。けど、この刑事は真逆や。進んでおまえに手柄を差し出してる。そんな刑事、見たことない」

友市に対して、そういった引け目を感じていたり、借りや恩でもなければ動くはずがない。竹原はそう言いたいのだ。

だが、しかし――。

友市にはまるで心当たりがない。記憶のどこを探っても見つからない。誰かの弱味を握ったことも、貸しを作ったこともなければ、恩を売ったこともない。

そう、あくまでも一方的なのだ。その人物が一方的に感じ、一方的に思い込んでいるだけなのだ。友市のために、と。

竹原の視線が痛かった。その目は「さあ、話せ」と語りかけているようだった。思わず顔を背けた。話したくとも、話すべきことが見当たらない。そんな人物など知らないのだ。

と――不意に兄のことが頭に浮かんだ。

竹原の他に、よく知っている警察関係者といえば兄しかいない。

兄が何か関係しているのだろうか――七年前に亡くなった兄が。

しかし、兄は友市に何も残さなかった。それらしき人物の名前どころか、たった一つの言葉さえ残さなかったのだ。

「すみません。本当に思い当たりません。僕には……誰か分かりません」

「そうか」

言って、竹原は黙り込んだ。

雨が上がり始めている。変わらず晴れ間は覗かないが、雲が速い速度で上空を流れて行く。友市はそのうちの一つを目で追った。

その雲がフロントウィンドウから消えた時、竹原がぽつりと呟いた。

「遅いな。あいつ、まだトイレにおるんか」

ふと笑みが零れた。一瞬、昌の聴取中だったことを忘れていた。

「見てきましょうか」

「せやな。テーブルに着いて、飯でも食べてたら笑うな。あいつ、朝からずっとやせ我慢しとったからな」

ドアを開け、友市は運転席から降りた。そして、竹原に向けて軽く頭を下げた。

「有難うございます」

「何がや」

竹原は友市が困惑しているのを察し、こうして話題を変えてくれたのだ。その配慮はやはり胸に染みた。

その時、視界の隅に昌の姿が入った。濡れた上着を脇に抱え、ネクタイを緩めていた。

「逃げませんでしたね」

「だから、そこまであほやないって言うたやろ。まあ、エリート面を散々からかってやったけどな。遊びももう終わりや。えらいすっきりした顔しとる」

竹原の言う通りだった。昌の顔が面白いように変わっていた。険がとれたというか、尖っていたものがすべて雨に流されたかのようだった。

昌は小走りに車に近づいてくると、会釈を寄越した。

「……すみませんでした」

竹原が助手席から合図を送った。うしろに乗れと。昌はそれに従い、定位置ともいうべき後部座席に尻《しり》を落とした。そして、友市も運転席に戻った。

「腹、減ってるか？」と、竹原が昌に訊いた。

「はい……少し」

思わず、友市は竹原と目を合わせた。表情の変化は明らかに昌の態度にも影響を及ぼしていた。これまで自身を支えていた何かが崩れたのか、妙に素直になっている。竹原の言う脆《もろ》さの限界がやってきたらしい。ほんの短い会話からでも、それが察せられた。

「ほな、中に入ろか。昼も回ったから、それほど混んでないやろ」

また竹原と視線がぶつかった。

竹原は声を出さず、唇だけを動かした。

——ようやくや。これで終わりや。

そう言っているようだった。

20

「宮本、味な真似してくれるやないか」

愛南から携帯電話を渡された。宮本はすぐに応答したようだった。

「まさか〈愛南〉に辿り着くとは思いもしませんでした。さすがですね、橋詰さん」

「刑事を舐めんなよ、こら」

言いながら、橋詰は顔をしかめた。〈愛南〉に足を踏み入れたのは偶然によるところが大きい。だが、そんなことは口にできるはずがなかった。

「お前ら、まだ続いとったんやな」

「――ええ」

宮本は特に悪びれもせず、はっきりと答えた。

「ええ根性やないか。俺に隠れて子供まで作ってるとはな。愛南から全部聞いたぞ」

「全部？　あいつは何も知らんはずですよ。カノンのこともね」

「せやけど、諏訪部耕太郎のことは知ってる」

「ああ、諏訪部」と、宮本が鼻を鳴らした。「愛南の前の客です。なかなか性質《たち》の悪い客でね」

「お前、諏訪部を脅しとんのやろが、え？　オレの女にちょっかい出しやがって、挙句に孕《はら》ませやがって――そう言うて」

「それも愛南が？」

「そうや、だから全部聞いたと言うたやろ。諏訪部と寝たことがあるそうや」

愛南が尖った目を寄越した。橋詰はそれを手で制した。愛南は何も明言していない。それを分かった上での売り言葉に買い言葉だ。しかし、宮本は見抜いている様子だった。

「橋詰さん、嘘はやめましょうや」

「どの口が言うとんねん。散々、俺に嘘を垂れやがって。お前の娘に言うたろか。お前の親父《おやじ》はどうしようもない嘘つきやって」

「娘は関係ないでしょう」

「はあ？　今更、ええ父親ぶるな」

電話口から熱が伝わってくる。宮本が怒り始めているらしい。

「宮本、今、愛南が何をしてるか分かるか？」

「……さあ、グラスでも磨いてるんですか」

「あほか。ずっと腹をさすっとるわ。それを頭に刻んどけ」

橋詰はタバコを咥えた。目敏《めざと》く気付いた愛南が灰皿とライターをカウンターの上に用意した。

「宮本、よう聞けよ。俺は愛南と約束した。俺とお前の間に何が起こっても、愛南の名は絶対に出さん。彼女は巻き込まへん」

橋詰が携帯電話を差し出すと、愛南が「本当よ。約束してくれた」と言った。

「お前も、娘に正直な父親と思われたいやろ。これから互いに嘘はなしや」

しばらく間を置いたのち、宮本は「ええでしょう」と答えた。これまで弱味のなかった宮本にも、娘という弱点ができたということか。橋詰は小さく苦笑を零した。

「カノンはお前の女やない。そうやな?」

「ええ」

「諏訪部の女か」

「……違います」

「ほな、二人はどういう関係や?　カノンの部屋の名義は諏訪部になっとる」

「名義?　そこまで調べはったんですか」と、宮本が呟くように言った。「二人は——兄妹です」

「兄妹?」

「正確に言うたら、血のつながってへん兄妹です。親子ほど年の離れた」

そうか、安城の説が正しかったか。四十前の諏訪部と、恐らく二十二、三のカノン……。

「子連れ同士の再婚か」

「そういうことです。父親の方には諏訪部が、母親の方にはカノンが。ああ、カノンね、雅子《まさこ》っていうんです。雅《みやび》の子」

初めて知るカノンの本名だった。

「両親が再婚したのは十三年ほど前」と、宮本が続けた。「当時、諏訪部は二十五、六で、K大学の大学院生やったそうです」

「カノンは?」

「まだ小学生ですね。そのせいか知りませんけど、諏訪部の奴、えらいカノンを可愛がってたみたいで」

「それこそ、カノンの身を案じて、部屋を探してやるくらいに？」

「いや、あそこはもともと諏訪部が住んでたんです」

「諏訪部が？」と、橋詰は眉をひそめた。「ほな、カノンと入れ替わりに別の部屋に引っ越したってことか」

「そうなんでしょうね。諏訪部は今、北区に住んでます。まあ、以降もカノンの部屋にはよう行ってるみたいですけど」

「えらい仲がええな。カノンも諏訪部に懐いとったんか」

「ええ。K大学に進学したんは諏訪部の影響でしょう。何せ、同じ農学部ですから」

カノンからしてみれば、自慢の兄ということか。兄の書いた本を持ち歩くのも納得がいく。

「なるほどな。諏訪部の泣きどころは妹のカノンか。お前はそこにつけ込んだんやな。金を用意せえ。さもなくば、カノンがどうなっても知らんぞ——」

「まあ、そういうことです」

「だから、お前は〈スターライト〉に通い始めた。カノンに接近した。言わば、人質にとった訳や」

「人質やなんて、そんな」

「事実、そういうことやろうが。お前は店だけでは飽き足らず、マンションまで突き止めた。けど、カノンが逃げたと知って、部屋の前で騒動を起こした。諏訪部が逃がしたんか？　妹に危害が及ぶのを恐れて」

「ええ、先を越されました」と、宮本が一つ息を吐いた。「今朝、橋詰さんに電話を入れた時、オレ、疲れてたでしょう」

　確かに声がかすれていた。ずっと運転していたと言っていたような記憶がある。

「昨晩から、諏訪部とカノンを追いかけてたんです。あいつらの実家がある石川県まで。妹を逃がすんやったら、そこやろうと思って」

「で、見つかったんか？」

「残念ながら、まだ二人とも……うちの若い者も方々に走らせてるんですけどね」

　なるほど。カノンがあの部屋を去ったのは、そういうことだったのか……。

　あの601号室が頭に浮かぶ。どうやらカノンは、橋詰らが鍵を開ける何日か前に部屋を出ていたらしい。きちんと清掃をして。すべての電化製品のコンセントを抜いて。

　彼女自身、しばらくは戻ってこられないと理解していた証拠だろう。

　たとえ一時的であったにせよ、カノンは自らの意志であの部屋を出た。橋詰はそう考えていた。今でもそれは正しいと思っている。

しかし、その背後には、兄の存在があったのだ。宮本の女に手を出し、脅されることになった諏訪部——多分、あの学生らの噂は的を射ている。K大学の大学院を卒業し、エリートとして順調に歩んできた。しかも、来年は教授になるという話。大いに羽を伸ばし、羽目を外したくなる気持ちも分かる。だが、そこに待っていた落とし穴……。

愛南の手練手管《てれんてくだ》にかかれば、諏訪部などいちころだったに違いない。そうして、満を持して宮本が登場する。

諏訪部は素直に金を払ったはずだ。ここまで積み上げた努力を無駄にはできない。是が非でもキャリアを死守しなければならない。ホステスとのゴシップごときで未来を潰される訳にはいかないのだ。

宮本はそこにつけ込んだ。要するに、諏訪部は罠《わな》に陥ったエリートの典型だった。

「橋詰さん」と、宮本が言った。「カノンが戻ってきたなんて嘘でしょう」

「ああ……嘘や」

「やっぱり。こんなに探し回ってんのに、何の情報も入ってこなくてね。ホテルを転々としてんのか、あるいは、海外に飛んだかもしれません。諏訪部の奴……」

「諏訪部はエリートやった」と、橋詰は呟いた。「血がつながってへんけど、その妹が何で夜の世界に入ったんや。金なら諏訪部が持っとるんやろ」

「血がつながってへんからですよ」

「はあ？」

「カノンの旧姓は山城《やましろ》いうらしいんですけど、母一人、娘一人、かなり厳しい生活を余儀なくされてたみたいでね。けど、諏訪部の家に入ったことで、普通の生活が送れるようになった。きちんと学校も出て、大学にも行かせてもらえた。カノンからしてみれば、もうこれ以上、迷惑をかけたくないってことです。既に諏訪部の家から学費も出してもろてる。せめて、家賃と生活費くらいは自分で何とかしようって」

「それで、夜の世界に……」

決して、安易に飛び込んだのではない。自らの生活を考えた結果、余儀なくされた選択だったのか。彼女は必死だったに違いない。だからこそ、不慣れな、いや不向きな夜の世界に足を踏み入れた。

「健気《けなげ》やないですか。ちょっと惚れそうになってしまいましたわ」

「諏訪部もそれを知ってたんやな」

「はい。諏訪部も何度も援助するって言うたそうです。けど、カノンは聞かんかった。なかなか芯《しん》のある女のようで」

もしかすると、それがきっかけで、諏訪部は祇園に姿を見せるようになったのかもしれない。祇園と縁がないのは諏訪部も同じだ。しかし、妹を心配して夜の街を歩くうちに、自身が魅了されてしまった——。

「カノンは……戻ってくるつもりなんか」

指に挟んだままのタバコがもう灰になっていた。橋詰は新たに咥えたが、愛南は火を点《つ》けてくれなかった。また胡蝶蘭の鉢が届き、彼女はそれらを受け取っていた。

「ほとぼりが冷めたら、戻るんと違いますか」

その言葉を耳にして、ほっとする自分がいる。彼女は巻き添えを食っただけなのだ。当事者でも何でもない。

「けどまあ、それも諏訪部次第です」と、宮本が続けた。

「どういう意味や」

「だから、諏訪部がオレの言うことを聞くならってことですわ」

「――金か」

「はい」

「お前、もう諏訪部から搾り取ったんと違うんか。半年前からやろが。欲張ってると痛い目に遭うぞ」

「痛い目に遭う時は橋詰さんも一緒です。諏訪部と稼いだ金は、橋詰さんの懐にも入ってますからね」

「ちょっと待て。お前、今何て言うた」

「はい？」

「諏訪部と稼いだ——そう言うたな？」

橋詰はタバコに火を点け、深く煙を吸い込んだ。宮本が諏訪部を脅し始めたのは半年前、愛南の妊娠が発覚する前後からだ。その間で、宮本はそれなりの金を得ているはずなのだ。それなのに、宮本は今現在も諏訪部を追っている。カノンに危害を加えると脅してまで。

宮本がそこまで諏訪部にこだわる理由。諏訪部を手放さない理由……。

単に、諏訪部の家が金持ちなのだと考えていたが、どうやら間違っていたらしい。

諏訪部は——金のなる木なのだ。

「宮本、お前、諏訪部に何をやらせてる？」

「そこまではもうええでしょう。知らん方がええと思いますよ」

宮本の声が冷たく変わる。

「あほか。ここまできて何を言うとんねん」

「知らん方が互いのためやと言うてるんです。橋詰さんに渡してる金、相当汚いですよ。多分、橋詰さんが思ってる以上に」

「ほう、俺まで脅すつもりか」

「別に脅してません。知りたいんやったら教えます。けど、それなりの覚悟はしてくださいよ。オレだけを陥れようとしても、そうはいきません。前にも言いましたが、橋詰さんも必ず道連れにしますから」

タバコを挟んだ指が微かに震えている。橋詰はその腕に力を入れ、震えを抑え込んだ。

「あるいは逆に、オレを見逃してくれるとしても、それはそれでかなり苦しいはずです。この前の騒動みたいに簡単にはいかんでしょう」

「どっちを選んでも——更に黒く染まるってか」

「はい。だから、知らん方がええと言うてるんです。それやったら、どっちも選ぶ必要がありません。オレと橋詰さんの関係はこれまで通りに続きます」

宮本が勝ち誇ったように告げた。

ふと、愛南と目が合った。小さな目を大きく見せようとしているのか、その周辺だけがやけに化粧が濃い。だが、瞳《ひとみ》は笑みを湛《たた》えている。子を授かり、店を構えようとしている。幸せの絶頂といったところか。

愛南は言った。橋詰も同じだと。同じように宮本に飼われていると。

馬鹿らしいと否定したものの、実際は彼女の言う通りだった。橋詰自身、認めたくないだけだった。宮本の金がなければ何もできない。安城ら若手警官に祝儀袋の一つも配れないのだから……。

橋詰は自分に問いかけた。

愛南のようになるか。それとも、宮本以上に黒く染まるか。

さあ、どっちを選択する?

「――どこで会う？」

橋詰は唸《うな》るように言った。

「ほう、それは覚悟を決めたってことですか」

「ああ、決めた」

「いいでしょう。では、西大路のマンションで」

「カノンの部屋か」

宮本はしばらく含み笑いを零したあと、愛南以上に楽しそうな声を響かせた。

「いいえ、最上階の８０１号室です」

21

「――必ず守って頂けますか」

柴崎昌はフォークを置くと、不意に口を開いた。まだ皿には料理が半分ほど残っている。

とりあえず、空腹感は解消されたということだろう。

「必ず守ってください。何の危害も受けないように」

昌が繰り返す。その口調に作りものめいた印象はない。

友市は隣の竹原と目を合わせた。

窓際の一番隅のテーブルだった。周囲に客はおらず、普通に話しても、内容を聞かれる心配はない。四人席で、友市は竹原の隣に座り、向かいに昌が一人で着席している。

喫煙席がなかったため、竹原はタバコを弄《もてあそ》び、フィルターで規則的にテーブルを打っていた。

「守るって誰をですか？」と、友市は訊いた。

「私の母です」

昌が答えるなり、隣から竹原の視線を強烈に感じた。

こいつの泣きどころは母親か——そう言っているのが分かる。

「あなたの母親に危害を加えようとしているのは、つまり——」

「ええ。あなた方が言うところの、謎の誰かです」

昌は両手を膝の上に置き、姿勢を正した。きちんと整えられていた髪は雨のせいで崩れてしまい、無造作に散っている。

「では、やはり謎の誰かは存在したんですね」

「はい、いました。一人の男が」

昌はためらうことなく、はっきりと答えた。

一瞬、竹原のタバコを打つ音が止まった。少なからず驚いているのだろう、昌の変貌《へんぼう》ぶりに。それは友市も同様だった。

昌の態度は決して協力的ではなかった。特に竹原に対しては反抗的だったと言ってもよい。竹原はそれを面白がり、皮肉を披露することで挑発し続けていたが、しかし、昌のこの変わり様はどうだ。表情がひどく穏やかになっている。

彼の中で、自身を支えていた何かが崩れ去ったのは間違いない。そして、その決壊を起こさせたのは友市である。友市はそこまで彼を追い込むことに成功した。

とはいえ、頑なに隠していた人物の存在をあっさり認められると、拍子抜けにも似た感覚を覚えるのもまた事実だった。

「その男は具体的に何と？」

友市が訊ねると、昌は微かに顔を上げた。

「言う通りにしなければ、母を叩きのめすと」

友市は逸《はや》る心を抑えた。その脅迫の内容を含め、昌に訊ねたいことはいくつもある。だが、一つずつだ。時間はまだまだある。もう昌の態度が硬化することはないだろう。

「では、まずはその男について聞かせてください。どんな人物ですか？　あなたの知っている男ですか？」

「……分かりません」と、昌がゆっくりと首を横に振った。

「どういう意味ですか」

「どこの誰か分からないという意味です。名前どころか、会ったこともない人物でした」

「しかし、相手はあなたのことを知っていた」

「はい。彼は突然、私の前に現れました。『柴崎昌さん』と言って」

「どこに現れたのです？」

「私のマンションの前に。帰宅するのを待っていたようです」

「ということは、男はあなたの名前だけでなく、住んでいる場所まで知っていた」

「そういうことになります。何故知っていたのか、未《いま》だに分かりません」

「男が現れたのはその一度きりですか？」

「いいえ、三度ほどでしょうか」

「いずれもマンションに？」

「いいえ、職場の近所で呼び止められたこともありました」

「男の人相は覚えていますね」

昌が力強く頷いた。

と、それまで聞き役に徹していた竹原がふと目を細めた。

「ちょっと確認やが、その男ってのは一人やったんやな？　誰か連れがおったとか、そういうケースは」

「ありませんでした。男はいつも一人でした」

竹原に対する昌の口調は落ち着いたものだった。以前までの棘《とげ》がない。それは竹原も感じ取っているようで、皮肉も口にしなければ、あの嫌らしい笑みも浮かべなかった。相手が真摯《しんし》な態度をとれば、こちらもそれなりに対応する。竹原はそういう刑事だ。

「話してください。その男の印象について」

友市は先を促す。

「はい……何と言いますか、口調はぶっきら棒で威圧感があったのですが、見た目はそうでもありません。頭を短く刈っていて、眼鏡をかけていました。背は私よりも低く、わりと痩《や》せています」

「年齢は？」

「三十代後半くらいでしょうか。最初は塾や予備校の講師だろうかと思いました。私の仕事上、予備校との取引もありましたので。とにかく、それなりに知的に見えたのは確かです。しかし――」

「男の威圧的な口調と合わない」

「その通りです。口調や物腰だけをとれば、とても講師とは思えませんでした」

そして、刑事にも見えなかったということだろう。

「では、何に見えたんです？」

「――ヤクザ、やろ」

竹原がぽつりと言った。目の奥が鋭く光っている。

「威圧的な態度に加えて脅しときたら、普通はヤクザを思いつくわな」

竹原に同調したのか、昌が何度も頷く。

昌の前に突然現れた男。言葉で昌を制し、彼の母親に危害を加えると脅した。それによって昌は罪を認めた――。

男はどんな文句で昌を追い詰めたのか。そして、その経緯はどういったものであったのか。いくつもの問いが湧《わ》いて出てくる。喉の奥から駆け上がってくる。

だが、友市はそれよりも、竹原の様子が気になっていた。テーブルに頬づえをつき、リラックスしているようだが、その腹には何かありそうな気がした。

「竹原さん。もしかして、男の人相に心当たりがあるんじゃ――」

「いいや。何となく記憶を手繰ってはいるんやけど。とりあえず、おれのことは気にせんと話を進めてくれ。その間に思い出すかもしれん」

竹原は知っている――友市は強くそう感じた。その証拠に、空いた右手は固い拳《こぶし》を握っている。竹原は自身の記憶を握り締めている。

見たい。その中を見たい。

痛切にそう思ったが、竹原の拳はまだまだ開きそうになかった。

「話を戻します。その男が現れた日のことを聞かせてもらえますか。一度目のことを」

「あれは……私が弟を……その……」

と、昌は急に言い淀《よど》んだ。自ら犯した行為を語るには、まだ戸惑いがあるようだった。

「柴崎さん、改めて言っておきましょう。あなたもご存じでしょうが、これは事件にはなりません。そうでしょう?」

気休めになるとは思わなかったが、少しは効果があったらしい。昌は小さく「そうですね」と呟き、微かに笑みを浮かべた。

推測通り、昌と母親の間で会議が開かれたのだ。この一件を大事にしないというよりも、昌を犯罪者にさせないための会議が。昌の笑みがそれを語っている。

「男が最初に現れたのは、弟が病院に運ばれてから一週間ほど経った頃でした。残業を終えて帰宅しましたから、午後十時頃でしょうか。マンションの前で、いきなり声をかけられました」

「具体的にはどんなことを」

「『あんたが犯人やろ。あんたが弟を病院送りにしたんやろ。全部知ってる』と」

昌は苦しそうに答えた。思い出したくないのだろう。だが刑事として、さすがに同情することはできなかった。

「他には?」

「逃げても意味はない。こうしてマンションも知っているし、麩屋町の実家も知っている。そのようなことを言われました。そして、『さっさと罪を認めた方が楽や』と、念を押して帰って行きました」

「では、その場で、あなたの母親云々《うんぬん》というのは——」

「ありませんでした。私は恐怖を覚えながらも、あの男は一体何者だろう、何が目的なのだろうと、それればかり考えていました」

まずは恫喝《どうかつ》から、か。そうして恐怖を与えることが目的であり、出発点でもあるのだろう。

「以降、仕事もまるで手がつきません。怯《おび》えてばかりで、あの頃の記憶はほとんどないくらいです。職業柄か分かりませんが、金銭を要求されるのだろうか、不正を働けと命じられるのだろうか、そんな不安でいっぱいでした」

「どうしてそう思ったんです？」

「男からはそういう雰囲気を感じましたし、あのような文言には大抵、金銭がつきものだと」

「その時点で出頭しなかったのは何故です」

「分かりません……犯罪者になりたくなかったのでしょうか……勝手な言い分ですが」

昌の変貌ぶりを目の当たりにしたあとでは、殊勝な物言いも素直に受け入れられた。エリート意識が強く、それゆえに弟を殴りもしたが、根はそういう人間なのだろう。虚勢の裏側に同居する脆さ、弱さ。竹原はその辺りも見抜いていたのかもしれない。

「では、二度目は?」

「それから四日後だったと思います。今度は職場の近辺でした。ずっと私のことを待っていたのでしょう。『ようこんな遅くまで働くな。自分が犯した罪はもう忘れてしもたんか』そう言って、男は手にしていたタバコを私のネクタイに押し当てました。おかげでネクタイは焦げてしまいましたが、それよりも気になったのは同僚の目でした。私は場所を移すよう必死に頼んだのですが、なかなか聞き入れてくれませんでした」

「男の狙いはそこにあったんでしょう。あなたの職場に現れた意図は」

「……とにかく、どうにかこうにか裏手の路地へ逃げられたのはよかったのですが、いつ同僚が通るとも限りません。私はまったく落ち着きませんでした」

「男は何と?」

「『罪を認める気になったか』そう訊かれました。何のことかとはぐらかしてみましたが、『あんたがやったことは分かってる』の一点張りで、彼はずっと不気味に笑うだけでした。違和感を覚えたのはその時です。私はてっきり、黙っていて欲しければ金を出せ、そんな台詞が続くのだと思っていました。しかし、彼の口から、その文句が出てきません。怖いのは怖いのです。私は混乱していました。男の目的は何なのだろうと」

「それで？」

「いきなり腹を殴られました。『あんたを殴ったって、何の得にもならんのや』と言って。」

「あっという間に、私は地面に膝をついていました。しばらく呼吸ができなかったほどです」

鳩尾《みぞおち》を狙ったのだ。確実にダメージを与える急所だ。男はそれを知っていた。つまりは暴力に慣れている。

竹原を見た。目配せが返ってくる。「おれの言うた通りや」と語っていた。そして、竹原は唇の端に小さく笑みを浮かべた。「昌の裸を見ずに済んだな」ということだろう。

「私は苦痛にもがきながらも、不思議でなりませんでした。男が私に要求しているのは金銭でも何でもなく、罪を認めること自体のようです。訳が分かりません。一体何者なのかと、かえって気味が悪くなりました。ですから、私は恐る恐る切り出しました。罪を認めたらどうなるのかと」

「どうなるんです？」

「それで終わりだと。あとは素直に逮捕されるか、自ら出頭するかのどちらかだと。『結果はどっちも同じや。好きにしたらええ』そう言われました。私はぼんやり頷きました。罪を認めたという意味ではなかったのですが、どうやら男はそう解釈したようです。満足げに微笑み、最後に捨て台詞を残して去って行きました」

「捨て台詞？」

「『出頭するんやったら、河原町署の安城刑事を訪ねろ』と」

「――え？」

友市は思わず声を裏返した。

竹原もぴくりと反応し、頬づえを崩して目を見開いていた。

もちろん、分かってはいたことだ。謎の人物は何故か〈安城友市〉にこだわっている。そして実際、昨晩、昌は烏丸五条の交番で「安城刑事に連絡がつくか」と訊ねもしている。

だが、こうして改めて自分の名前を耳にすると驚きを隠せなかった。

「僕を訪ねろと……何故ですか」

「分かりません。どうして安城刑事なのかと何度も訊きましたが、答えてくれませんでした」

「どうして……僕なんでしょう？」

「私が教えて欲しいくらいです。何故、あなただったのでしょう」

昌の視線とぶつかった。友市は目を逸らさず、じっと見つめ返した。かつての挑戦的な色はない。嘘でもなければ、何かしら鎌をかけている様子もなかった。ならば、男は確かに昌に告げたのだ。友市を訪ねろと。

ふと、竹原の声が耳に蘇《よみがえ》る。

——すべてがおまえのためなんや。

友市は唇を噛み締め、その言葉を噛み締めた。

「で、あんたは出頭を選んだ。言われた通り、この安城刑事を訪ねてきた」

竹原が継いだ。

「そういうことになります」と、昌が答えた。

「ええやろ。ほな、最後や。三度目のことを聞かせてくれるか。あんたはその三度目で心変わりしたんやろ?」

竹原の拳がすっかり開いていた。記憶が逃げてしまったのか、あるいはもう確実につかんだあとなのか。

竹原のことだ。後者に違いなかった。

22

〈愛南〉のビルから出ると、強い雨が地面を叩《たた》きつけていた。橋詰はパーキングまで走ったが、それだけで髪や背中がずぶ濡《ぬ》れになった。しかし、その滴《しずく》を拭《ぬぐ》う時間も惜しく、すぐにエンジンを始動させた。

駐車代金を支払うと、財布の中は空になっていた。入っていた札はすべて愛南にやった。

「出産祝いや。心配せんでもええ。宮本の金やない」

〈愛南〉から去る際、橋詰はそう言って、余っていた祝儀袋に入れて差し出した。愛南には自分の稼ぎをやり、安城らには宮本の金を撒《ま》くのもおかしな話だった。

橋詰は新橋通を逆走しながら、安城に電話をかけた。今回の一件が、いよいよ最終局面を迎えつつある。安城を巻き込んだのは橋詰自身だ。その手前、安城には最後まで見届けさせてやりたかった。それがたとえ、どんな結末になろうとも――。

だが、やはり応答はなかった。時刻は午後八時二十分。まだ交番勤務中だ。

花見小路から四条通へと右折し、更に川端《かわばた》通へと左折する。そして、そのまま南下した。傍《そば》を流れる鴨川から不気味な音が聞こえる。かなり水量が上がっているらしい。

――801号室。

その数字が脳裏を過《よ》ぎる。

どうやら諏訪部耕太郎は、あの西大路のマンションにもう一部屋借りていたようだ。もともと住んでいた601号室は妹に明け渡した。ならば、それ以降に新たに借りたのだろう。多分、半年前に――。

801号室には何がある？

橋詰はあらゆる方向へ想像を巡らせた。

パトランプを屋根に載せ、派手にサイレンを鳴らした。パッシングを続け、安城のいる交番へと急ぐ。

雨は勢いを増す一方だった。ワイパーをフル稼働させるが、視界はぼやけたままである。まるで、今回の結末を暗示しているかのようだった。

――宮本と心中する覚悟があるか。

正直なところ、自信はなかった。まだ心が揺れ動いている。情けないと思うものの、それが橋詰の本音だった。

急ブレーキを踏んだ。濡れた路面にタイヤが滑り、尻《しり》が左右に振られる。

橋詰は車から下りるなり、自身を鼓舞するように叫んだ。交番の前だった。

「安城！　安城はいるか！」

交番の中には二人の制服警官の姿があった。

「橋詰さん、どうしたのです？」

片方の警官が安城だった。

「これから宮本と会う」

「え？」と、安城が身を固くした。「カノンさんが見つかったんですか」

「いや、まだや。どうする？　お前も来るか」

安城の目が厳しく尖《とが》っている。カノンの行方《ゆくえ》がつかめずとも、橋詰の様子から、終幕が近いことを感じ取っているようだった。

「来んのやったら、あとで話は聞かせてやる。お前の判断に任せる」

安城はもう一人の警官の顔色を窺《うかが》っていた。

その警官に見覚えがあった。報奨金を受け取った成瀬だった。

「――行きます」と、安城が頷《うなず》いた。

橋詰も頷き返す。そして、成瀬に向かって言った。

「ええか、あとで何か訊《き》かれても、俺《おれ》のせいにするんや。七条署の橋詰が勝手に安城を連れて行った。正直にそう言うたらええ」

「……分かりました」

「よし。行くで、安城！」

橋詰が車に戻ると、安城は制服のまま助手席に滑り込んだ。

西大路のマンションへ向かう道中、橋詰はこれまでに判明したことを安城に語って聞かせた。

カノンこと諏訪部雅子をはじめ、諏訪部耕太郎、愛南という人物について。そして、それぞれの宮本との関係性をざっと説明した。

安城はその間、何も口を挟まなかった。

だが、意を決して、宮本の金の一部が橋詰に渡っていると告げた時、安城は重々しく口を開いた。「そうだろうと思っていました」と。

そこには怒りもなければ、蔑《さげす》みもなかった。それが逆に不気味ではあった。橋詰をたじろがせる程に表情がなかった。

その後、マンションに到着するまで互いに無言だった。橋詰はただ、車体に当たる雨粒の音を聞き続けた。

付近に宮本の車はなかった。地下の駐車場も確かめてみたが、ベンツは一台もない。その代わりに、西大路通沿いに不審車両が一台止まっていた。黒のクラウンだ。窓にはスモークまで貼《は》られている。橋詰はその助手席側を叩いた。

ゆっくりと窓が下がり始める。宮本の部下らに違いなかった。カノン、もしくは諏訪部がここに戻ってくることを考え、見張らせているのだ。

「おい、邪魔や。車をどかせ」

「はあ？」

サングラスをした若い男が顔を覗《のぞ》かせた。名前は知らないが、何度か目にしたことのある男だった。

「お前、宮本の舎弟やろ。七条署の橋詰や。分かるか？」

橋詰は男のサングラスを外し、地面に放《ほう》り投げた。

「何やこら！　何しとんねん！」

男が凄《すご》んだが、すぐに運転席のドアが開き、頭を剃《そ》り上げた巨体が現れた。

「お世話になってます。橋詰さん」

「おう、村木《むらき》やったな、確か」

宮本の右腕と目される三十前後の男だった。右腕とは文字通り、腕っ節を意味しており、それに見合うだけの体格を持っていた。橋詰よりも頭一つ高く、横幅も広い。雨に濡れたシャツが肌に張りつき、隆々とした大胸筋を浮かび上がらせている。

「村木、もうすぐ宮本が来る。それまでにここから消えろ」

村木ともう一人の若い男が加われば、橋詰らは圧倒的に不利だった。数の上でも負けているし、いざという時、安城と二人で宮本と村木を制する自信がない。

「宮本に連絡してもええぞ」

「――分かりました」

村木が巨体を折り曲げ、運転席に潜ろうとした。

その時――車体の後部が激しく揺れた。

「待て、村木」

橋詰は声を荒らげ、背後にいる安城に向けて、「見たか?」と小さく確認した。

「はい、見ました」と、安城が答える。

「安城、銃を抜け」

背中で銃がフォルダーから外される気配を感じ取り、橋詰はゆっくりと後部座席のドアへと指を滑らせた。

「村木、車の前へ行け。妙な真似《まね》をしたら、うしろの警官が撃つからな。ええな？　そっちの若いチンピラもや。車から出て、村木の横に並べ」

村木はその場に立ったままだった。しかし、その右腕が微《かす》かに尻へと動いている。銃を隠し持っている可能性が高かった。

橋詰はおもむろに両腕を上げた。

「俺は丸腰や。村木、丸腰の俺に銃を向けるつもりか、こら」

村木の腕が止まった。だが、油断ならない。橋詰は村木から目を離さなかった。事実、橋詰は銃を携帯していなかった。

「——渡辺《わたなべ》」

村木が言った。その言葉を合図に、助手席のドアが開いた。渡辺と呼ばれた上下ジャージ姿の若い男がのっそりと全身を現した。

車がまだ揺れている。

「安城、躊躇《ちゅうちょ》すんな。撃ったあとの始末は俺がつけてやる」

橋詰は安城にそう言い置き、変わらず村木を睨《にら》んだまま後部ドアを開けた。

視界の端で座席を確認する。

うしろ手に縛られた男が寝転んでいた。猿ぐつわをかまされた状態で、激しく体を左右に捻《ねじ》っている。

「あんた、諏訪部耕太郎か？　俺は七条署の橋詰や」

問いかけると、男は何度も首を縦に振った。

「カノン、いや、あんたの妹は？」

続けて問うと、諏訪部は今度は首を横に振った。

「ここには戻ってきてへんいうことか」

諏訪部がまた首を縦に下ろす。

なるほど。宮本の読みが的中したか。諏訪部は妹を逃がし、自らはここに戻ってきた。カノンの部屋６０１号室、いや、８０１号室に。

一体、何故《なぜ》だ。宮本の手下が張っていることくらい分かっていたはずだ。それなのに危険を冒してまで……そうしなければならない理由が諏訪部にはあったということか。

橋詰はちらりとマンションを見上げた。

「安城、諏訪部を車から出して、マンションに放り込め。銃は持ったままやぞ」

安城が身を屈《かが》め、後部座席から諏訪部を引っ張り出す。橋詰はその前に立ち、壁になった。

「村木、今から携帯電話を出す。勘違いすんなよ。俺はほんまに丸腰やからな」

橋詰は左腕を下げ、尻のポケットから携帯電話を抜き出した。そして、そのまま宮本を呼び出した。

宮本はすぐに応じた。

「おう、宮本。今どこや？　こっちはもう着いとる」

「そうですね、あと十分以内には」

「俺の前に村木と渡辺がおる。帰るようにお前から言え。諏訪部のことはもう連絡がいっとるんやろ」

「ついさっき、村木から連絡が」

「こっちで保護した。言うておくけど、カノンはおらんぞ」

「諏訪部が捕まれば、とりあえずはそれで構いません。ちょっと話をさせてください」

「村木と渡辺を帰らせたらな」

そう言って、橋詰は自身の携帯電話を村木に向かって放り投げた。

村木は片手で受け止め、すぐに耳に当てた。

その間に、安城が諏訪部をマンションの玄関ホールへと誘導する。

村木がその様子をずっと目で追っていた。宮本に向かって何か言っていたが、雨音のせいで聞こえなかった。

村木も渡辺もずぶ濡れになっているが、決して顔を拭わない。雨よりもずっと冷たい目で橋詰を睨みつけている。

村木が携帯電話を放って寄越《よこ》した。

「渡辺、車に乗れ」

村木はそう告げ、自らも運転席に乗り込んだ。

どうやら、引き下がってくれるらしい。宮本も分かっているのだ。ここまできて、事を大きくしても無意味だと。それはつまり、宮本、橋詰、諏訪部の三人で決着をつけるという意思表示でもあった。

クラウンのエンジンが始動し、ゆっくりと走り出した。西大路通を南へと向かっている。橋詰はそのテールランプが見えなくなるまで目で追い続けた。

ふっと両膝《りょうひざ》から力が抜けた。額に大量の汗が滲《にじ》んでいたが、雨が消してくれた。だが、頭はまるで冷えない。脳に集まった血液が流れようとしない。緊張と興奮がまだ上半身に留《とど》まったままだった。

「――橋詰さん」

安城に呼ばれ、我に返った。玄関ホールに目をやると、安城と諏訪部が心配そうに橋詰を見ていた。安城はもう拳銃《けんじゅう》をフォルダーに収めている。

諏訪部は猿ぐつわを外され、腕も自由になっていた。安城がどちらも解いてやったのだろう。

橋詰は改めて、いや、初めて諏訪部をしげしげと見つめた。

この男がカノンの兄か。Ｋ大学准教授でありながら、祇園のホステス愛南にちょっかいを出し、宮本に脅された男……。

綿のパンツに開襟シャツとラフな格好をしている。知性を感じさせるのは、銀縁の丸眼鏡くらいで、少し腹の出た体形を見る限り、一昔前の不動産屋を思わせた。背は橋詰と変わらず、長めの髪が雨に濡れ、方々に散っている。全体的にあまり特徴のない男だった。

「……有難うございます」

諏訪部が軽く頭を下げた。

「礼なんかあとでええ。それよりも先に訊きたいことが山ほどある。嘘《うそ》ついたら、お前を宮本に引き渡すからな」

諏訪部は少し身構え、橋詰から距離を取った。

「心配しなくても大丈夫ですよ」と、安城が助け船を出した。「この人は本当に刑事です。あなたがきちんと答えれば、悪いようにはしないはずです」

アメとムチといったところか。機転が利く。橋詰は感心しながら言葉を継いだ。

「妹さんは無事なんやな？　どこに隠れてるか今は言わんでもええ。宮本にも絶対に教えるな」

「……無事です、妹は」

「あんた、何でここに戻ってきたんや。宮本の手下が張ってることくらい想像ついたやろ」

「それは……」

諏訪部が口を噤《つぐ》んだ。忙《せわ》しなく視線が動いている。その目は時に怯《おび》え、時に鋭く光る。隙《すき》を窺い、逃げ出そうとしているようにも映った。

この男、何も害がないように見えるが、意外と往生際が悪く、狡猾《こうかつ》かもしれない――橋詰はそんなことを思っていた。

「あの……どこまでご存じなのでしょう？」

諏訪部が探りを入れるように上目遣いに訊いた。

「ほとんど全部や」と、橋詰は人差し指を立てた。「８０１号室に何があるんか？　それ以外はな」

諏訪部は天井を見上げたかと思うと、さっと安城の背後に身を隠した。

「おう、諏訪部。えらい手間かけさせてくれたな、え？」

宮本の声だった。振り返ると、宮本がちょうど傘を畳んでいた。

「宮本、話はさせてやる。けど、手は出すなよ」

「分かってます」と、宮本は諏訪部に向き直る。「おまえ、ここに現れるなんて、なかなかかええ根性してるやないか。オレに気付かれる前に、全部燃やすつもりやったんやろ？」

「燃やす?」と、橋詰は眉《まゆ》をしかめた。

「部屋の中を見たら分かります」

宮本はそう言って、エレベーターのケージへと入った。そして、何の迷いも見せず、「8」のボタンを押した。

23

「三度目は、また私のマンションの前でした」と、柴崎昌は語り出した。「二度目からは少し間が空いていました。『こんなん初めてや。他の奴《やつ》に三度目なんてあらへんかった』と、男からいきなり凄まれました」

友市は竹原と視線を交わした。

他の奴——つまり、過去二通の犯人のことに違いなかった。

「男は前回の時点で、私が出頭を選んだと思い込んでいるようでした。『あんた、出頭を選んだんと違うんか。えらい安城刑事のことを訊《たず》ねてたしな』と」

「ということは、男はあなたに出頭する猶予を与えていたのですか」

友市は少し身を乗り出した。

「彼の言葉を信用するなら、そういうことだと思います」

店員が何度かテーブルの前を横切った。皿を下げてよいものかどうか迷っているらしかった。

友市は未《いま》だ料理に手をつけずにいる。セットについていたコーヒーを飲んだだけだ。申し訳ないと思いながらも、今は店員に気を遣う余裕がなかった。

「ですが」と、昌の顔が少し曇った。「男の様子は明らかに以前と違っていました。『こっちは暇やないんや』そう言って、男はまた私の腹を殴りました。そして、地面に膝をついた私に向かって、矢継ぎ早に怒鳴り声を上げました。今度は母親を同じ目に遭《あ》わせてやる。叩きのめしてやる。弟と同じように病院送りだ……そのようなことを」

昌が男のことをヤクザだと思ったのも分かる。大抵の場合、こういった脅し文句はすらすらと出てこない。裏を返せば、男はそれに慣れているという証拠でもある。少なくとも、昌はそう感じたのだ。

「本気だと思いました。この男ならやりかねないと。私を殴ることに一切の躊躇を感じていない様子でしたし、跪《ひざまず》いた私を見て、楽しそうに笑ってもいましたから。男は喋《しゃべ》りながら、更に私の脇腹《わきばら》を爪先《つまさき》で小突きました。蹴《け》り飛ばすぞ、という恐怖を与えたかったのでしょう。実際、私はろっ骨を折られるのではないかと怯えていました」

「誰《だれ》でも殴られるんは嫌やからな」と、竹原がのんびりと言った。「それ以上に、友人が殴られるんを見るんはもっと嫌や。それが母親となれば尚更《なおさら》やな」

「私だけならば構いません。しかし、そのせいで母に危害が及ぶのは……既に実家の場所も知られていましたし……母の名前も」

「それであんたは心変わりした訳や。この男なら、ほんまに母親を殴り倒すと」

「――はい」

「ふうん。なかなか変わった脅迫やが、大体あんたの話は理解したわ。ちょっと整理しよか……あんたは自分の弟を殴り、怪我《けが》を負わせた。その張本人であることに間違いないな」

竹原はあえて「犯人」という表現を避けた。その配慮に気付いているのかどうか分からないが、昌は小さく頷いた。

「けど、あんたは自分の罪を黙り続けるつもりやった。母親との間でも、そうしようと決めた。が、そこにヤクザ風の男が現れた。『あんたがやったことは分かってる』と言って。こういう場合、公《おおやけ》にされたくなければ金を出せってのが通常やが、男の要求は何故か、あんたが罪を認めることやった。加えて、出頭を選ぶのであれば、安城刑事を訪ねて行けという注文がついた」

「――はい」と、昌。

「で、あんたは出頭した。自身が受けた暴力と、母親に及ぶかもしれん暴力に屈して、あんたは心変わりした。さて、ここで一つ確認や。あんた、何で男の存在を隠したんや？おれと安城がどれだけ訊ねても、あんたは否定し続けた。そうしろと命じられたんか」

「――そういうことです」と、昌がこくりと首を落とした。

「具体的には何て？」

「脅迫の事実と内容と、男の存在は絶対に告げるな。固く口を閉ざせと。もし言えば、言葉が現実になる。つまり母親が――」

「病院送り、か」

竹原はまたタバコのフィルターでテーブルを打ち始めた。

「あんた、母親想《おも》いなんやな」

決して褒め言葉ではないはずだが、昌は満足げな表情を覗《のぞ》かせた。

「もう一つ確認や。そうして頑《かたく》なに口を閉ざしてたあんたが、一転してすべてを告白した。その心変わりが起きたんは何でや」

「それは――」

「刑事って言葉にえらい反応してたな」

その通りだ。昌は「あれがけいじ？」と不意に漏らした。そして、それをきっかけにして雨の中に飛び出しもした。

「はい……私はずっとあの男をヤクザだと思っていました。三度しか対面していませんが、正直、私はあの男が怖かった。しかし一方で、信用してもよいのではないか、そんな風にも感じていたのです」

「ヤクザを信用？　面白いこと言うな」

「すみません。上手《うま》く表現できないのですが、要求通り、私が口を閉ざしてさえいれば、きっと母は無事だろう、何故かそう思えたのです。男は言ったことを守ると。理由は分かりません。ただ、そう感じたのです」

「金銭の要求やらがなかったせいか？　脅迫者にしては潔いと」

「……そうなのかもしれません」

昌からすれば、それを拠《よ》りどころにするしかなかったというのが本音だろう。母親を守るためにはそれしかなかった。

恐怖も相まって、そういう心境になったのも理解できなくはない。しかし、それでもヤクザを信用するのは通常の心理状態ではない。いや、立場上、間違っていると言わざるを得ない。

竹原も同じ思いだったのだろう。「あほらしい」と、昌に聞こえないよう、ごく小さく零《こぼ》していた。

友市は竹原のあとを継いだ。

「その男が何者なのかまだ分かりません。あなたが感じた通り、ヤクザなのかもしれない。

ですが、その男がもし刑事だとしたら――」

「……混乱してしまいました」

昌は俯《うつむ》き、膝の上でてのひらを合わせた。

「男が刑事だと、どうして混乱するんです？」

「自分でもよく分からないのですが……男がヤクザだったならば、どうなるにせよ、最終的には警察に守ってもらえると、どこかで安心していたのだと思います。私は男に言われた通り、ずっと口を閉ざしていましたが、いずれはすべて告白するつもりでした。いえ、そうなるだろうと頭のどこかで想像していたのです」

「そのわりには随分と時間がかかったように思いますが」

「すみません。ですが、そんな風に多少なりとも余裕があったのは、最後の最後で警察に守ってもらえると信じていたからなのです。男が危害を加える前に、警察が母を保護してくれるだろうと」

男の命令を守り続けていれば、母親に被害は及ばない。もし仮に背いたとしても、今度は警察が母親を守ってくれる。昌はそう考えたらしい。

ならば昨晩の時点で、いや、男が現れた時点で警察に話すべきであったと思うが、それは友市ら刑事の発想なのか。昌は自分なりに葛藤《かっとう》したのだと言いたげであるが、それは決して受け入れられるものではなかった。

竹原は隣でまた頬《ほお》づえをついている。態度を改めたといっても、やはり柴崎昌という男が気に食わないのだろう。

「……ですから、あの男が刑事かもしれないとなった時、私はひどく慌ててしまったのです。あの男が刑事ならば、警察は私を守ってくれないかもしれない。同じ身内です。男の味方につくか、あるいは、脅迫の事実をうやむやにされてしまうかもしれない。しかし、私はこれ以上、口を閉ざしていられませんでした。精神的にも限界が近いと感じていました。一体、どうすればよいのか。それを考えると、じっとしていられなかったのです。逃げ出したくなったのです。馬鹿な真似をしたと反省しています」

昌は熱っぽく一気に語った。

友市はため息を吐《つ》きたい気分だった。「反省しています」という昌の言葉はいかにも殊勝であるが、反省している点がずれているように思えて仕方なかった。

これでは竹原が不貞腐《ふてくさ》れるのも無理なかった。もう関心が失《う》せてしまったといった感じで、竹原は窓の外を眺めていた。

「……私にはもう、竹原刑事と安城刑事を頼る以外に方法はありません。いえ、先程雨に打たれながら、そう決めたのです。お二人を信じようと。男がヤクザでなく刑事であったとしても、お二人ならば何とかしてくれるだろう、きっと守ってくれるだろうと。自分勝手なことは理解しているつもりです。どうか、母を守ってください。よろしくお願いします」

　そう言って、昌は深々と頭を下げた。

　友市はその後頭部を見つめつつ、何も声をかけられなかった。まるで不快な渦の中にいるかのようで、優しい言葉はすべてその渦の中に消えていった。

　懸命に母親の保護を求めるのはいい。しかし、その中に弟が登場しないのは、あまりにも不自然だった。嫌悪感すら覚える。

　こうして嘆願された以上、昌の母親は守らねばならない。だが、決して「守ります」と口にできなかった。いや、昌の前で口にしたくなかった。

　竹原が隣でタバコのフィルターを打っていた。先程よりも、その間隔が短い。竹原も苛《いら》立《だ》っているのだ。

「最後に一つ確認させてください」と、友市は感情を押し殺しながら言った。

「あなたに見せた封筒、その中に入っていた用紙を覚えていますね。本当にあの用紙のことは知らなかったんですか？　男は何も言わなかったんですか？」

「何も。私はまったく知りませんでした」と、昌は何度も首を横に振った。

「よし、もうええやろ。そろそろ限界や」

　おもむろに竹原が席を立ち、タバコを咥《くわ》えた。表面上はニコチンの我慢が限界にきたと装っているが、実際は昌の前に座っているのが限界だという意味に違いなかった。

竹原は友市に合図を寄越し、さっさと出入口へと歩き出した。

「ここで待っていてください。あなたの母親とも連絡をとってみます」

言って、友市は竹原のあとを追って店の外へ出た。

「ふう。お互い、よう耐えたもんやな」

竹原はチノパンツのポケットに両手を突っ込み、いつもの笑みを浮かべていた。

「相当苛々してましたね」

「もうちょっとで爆発するところやったわ。ほんま、タバコを投げつけてやろうかと思ったくらいや」

竹原は咥えていたタバコに火を点《つ》けた。そして、鬱憤《うっぷん》を吐き出すかのように深呼吸した。

「しかしまあ、珍しい男やな。あいつほど、同情を拒絶させる奴なんて他に知らんわ」

「どこか根本的にずれてますね」

「本人はいたって正常やと思い込んでるから、余計に始末が悪い。世の中にはずれた奴なんて山のようにおる。だからこそ、犯罪が起こるんやが――」

竹原の言いたいことは分かっていた。とにかく、昌のことが嫌いなのだ。弟を殴った人物としてではなく、柴崎昌という人物と根本的に相容《あいい》れないのだ。

「こんなこと言いたくないけど、おれは何が何でも弟を説得して、これを事件にしたくなってきた」

竹原が嫌らしく紫煙を吐いた。

冗談だと分かっていたが、友市自身、それは確かに望むところではあった。

「あいつは素直になればなるほど人を腹立たせよる。それやったら、反抗的やった時の方がまだ可愛《かわい》げがあったわ。いじり甲斐《がい》もあったしな。今はもういじる気にもなれん」

竹原は傍らに置かれていた灰皿にタバコを捨てた。まだ半分以上残っていたが、さっさと署に戻りたがっている様子だった。

「友市。一つだけ、おれの我がままを聞いてくれるか」

「ここから一人で署に帰るとか言わないでくださいよ。僕だって昌の相手はしたくありませんから」

「一つ確認して欲しいことがあるんや」

「何ですか」

「あいつを脅しとった男やけど、多分、車で来てたと思うんや。昌のマンションに」

「そうですね。車と考えるのが自然だと僕も思います」

「その車の色と車種を確認したいんや」

「色と車種、ですか」

「一人、心当たりのある男がいてな」

「何ですって⁉」

友市の疑問を残し、竹原は駐車場へと歩き出していた。

「ちょっと、竹原さん。待ってください」

友市は声を上げた。しかし、竹原は背を向けたままだった。軽く右手を挙げ、よろしく頼むという合図だけが返ってくる。

——心当たりのある男？

竹原のうしろ姿が少しだけ晴れやかに見えた。

いつの間にか、すっかり雨は上がっていた。

24

「ほんまにええんですね」

宮本が口元を歪《ゆが》めながら言った。

「ここまできて引き返す訳ないやろ」

橋詰は濡れた髪をかきながら答える。

８０１号室の前だった。

時刻は午後十時を回っていた。角部屋であるが、隣には住人がいる。橋詰をはじめ、宮本も小声だった。

「ここにいるみんな一蓮托生《いちれんたくしょう》や。それをよう覚えておいてくださいよ、橋詰さん」

宮本が鍵《かぎ》を差し込み、施錠を解いた。

橋詰は安城を脇へ呼び、「最終確認や」と告げた。

「この部屋に入ったら、ほんまにお前の警官人生は終わるかもしれん。少なくとも、綺麗《きれい》な警官ではいられん」

「無理に連れてきておいて、今更――」と、安城が顔をしかめた。

「分かってる。この件にお前を引き込んだんは俺や。だから、最後まで見せてやりたいと思ってる。でもな……」

橋詰自身、もう覚悟は決めている。だが、安城に関して迷いがないと言えば嘘になる。もちろん、全身全霊をかけて安城を守る。守り切る自信もある。それでも、やはり一抹の不安は拭えない。

黒い刑事が下した黒い決断である。そこに正しいも何もないのであるが、この期に及んでも自問自答する自分がいた。この部屋の中に何があるのか、もう想像がついている今は特に……。

「安城、ここに何があるか、お前も薄々感じてるやろ?」

「――はい」と、安城が頷く。

「内輪揉《うちわも》めですか」

宮本が呆《あき》れを滲《にじ》ませながらドアを開けた。

橋詰の目に真っ先に飛び込んできたのは大量の光だった。

「な、何やこれ……」

「何って、大麻草ですよ」と、宮本が答えた。

やはりか。宮本の金のなる木――いや、金のなる葉の正体は大麻草だったか。しかし、想像以上の緑の量だった。

窓がすべて分厚い遮光カーテンで塞《ふさ》がれているせいか、部屋の至るところから光が降り注いでいた。LEDライトだ。その下には棚が作られ、すべての段に緑の葉をつけた鉢が並んでいる。〈クラブ愛南〉に届いた胡蝶蘭どころではない。キッチンのシンクの上も、ユニットバスの浴槽の中までも緑が茂っていた。

そして、各々の鉢をつなぐように縦横無尽に走るパイプと水。

「……水耕栽培か」

「大麻草はなかなかデリケートでね」と、宮本が言った。「温度や湿度の管理をはじめ、肥料の具合やph値など、結構大変なんですよ」

それくらいは橋詰も知識にある。一年中照明を当て、温度や湿度を一定に保つのが絶対条件であり、何より重要なのは養分となる水だった。養分は与え続ければいいというものではない。確か、生長過程で増減してやる必要があるはずだった。その加減が難しい。だが、それほど手間をかけても栽培するのは、もちろん金になる点と、生長が早いというメリットゆえであろう。大麻草は年に数回収穫できるのだ。

そういうことかと、橋詰は宮本に視線を振った。諏訪部は園芸学だか、栽培学だかの准教授だ。大麻草を育てることなど朝飯前だと宮本は考えたのだ。諏訪部に苗を育てさせ、商品として宮本が売りさばく——。

「悪党が」

橋詰は思わず零す。

「悪党がよう言いますね、橋詰さん」と、宮本が笑い声を上げた。「ここにいる人間はみんなそうです。そこにいる安城警官も」

「黙れ！」

橋詰は反射的に声を荒らげた。

安城は濡れた帽子を脇に挟み、しげしげと緑の葉を見つめている。実物の大麻草を目にするのが初めてなのだろう。

「あんた、この下の601号室に住んでたんやろう?」と、橋詰は話を切り替えた。

「ええ」と、諏訪部が頷く。「七年ほど前から。ですが、三年前に妹がこちらに出てきましたので、入れ替わりに私は引っ越しました」

「K大学まで、ちょっと遠ないか」

「あえて、少し離れた部屋を借りたのです。研究室と区切りをつけるために。大学に近いと、すぐに研究室に行けますし、オンとオフが切り替わらないのです」

「ふうん。で、また新たにここに部屋を借りた訳や。栽培用に」

「いえ、借りさせられたのです……宮本さんに」

「何を言うてんねん」と、宮本が割って入った。「ここに決めたんはおまえやろ。妹の部屋の上の上に」

「それは関係ありません。間取りや部屋の造りが分かっていたから……」

「何とでも言え。まあ、オレはどこでもええんや。近隣にばれへんかったら」

宮本が気にしているのは臭《にお》いだと思われた。マンションの通路側に設置されたキッチンの換気扇だけでなく、ユニットバスのそれも動いていなかった。

換気はエアコンが行っているのだ。加えて、室内には四台の空気清浄機が稼働していた。

「カノンは知ってるんか？」

橋詰は宮本と諏訪部に向けて問いかけた。

答えたのは諏訪部だった。

「まさか、言うはずがありません」

宮本に目をやると、首を横に振っている。

疑問が残るところだった。カノンはすべて知っていたのではないか。橋詰はそう思っている。そうでなければ、兄から「危険が迫っている」と言われたくらいで、簡単に部屋を出たりしない。その危険がどういう類《たぐ》いのものか、兄がどう関《かか》わっているのか、ある程度理解していたのではあるまいか。だからこそ、あの部屋は整然としており、彼女の覚悟を感じさせたのではないか……。

橋詰は葉を一枚千切り、ふっと吹き飛ばした。

「あんた、これを燃やすために戻ったんか」

「燃やすというか、もうすべて捨てようと……」と、諏訪部が肩を落とした。

「あんたなりの宮本への抵抗か。けど、よう分からんことが一つある。何でそんな真似をしようと考えたんや。宮本の言いなりになっとれば、すべてが上手くいっとったんと違うんか。金になるし、あんたのゴシップも世には出ん。来年には教授の座が待っとるんやろ。大麻を育てながら、教授をやっとればええやないか。それともあれか。エリートとして、宮本に頭を下げ続けるのはご免ってか。プライドが許せんってか」

「……違います」

「どこがどう違うんや」

「私も初めはそのつもりでした。公にならないのであれば、彼の言うことを聞かざるを得ないと。そうしている間は、すべてが上手く収まることも分かっていました。もちろん、腹立たしく思っていましたが……」

「ふん」と、宮本が鼻で笑う。「元々はおまえが蒔《ま》いた種や」

「ええ、そうです。だから、彼に従わざるを得なかった。自分を守るためにも、妹を守るためにも。それなのに彼は——」

諏訪部が急に顔を上げ、宮本を指差しながら大声を上げた。

「妹まで巻き込もうとした！　何も知らない妹まで！」

予想外の絶叫だった。諏訪部が妹を可愛がっているとは聞いていたが、ここまで声を張り上げるほどとは。

しかし、指を差された宮本は笑みを浮かべたままである。

「巻き込むって、宮本が〈スターライト〉に通い始めたことか？」と、橋詰は訊いた。

「いいえ、そんなことではありません」と、諏訪部が足を踏み出した。「彼は妹を——売人にしようと言い出したのです！」

「はあ？　売人？」

「そうです。この男は金のことしか頭にないのです！」

「刑事がおったら、えらい強気なんやな」と、宮本が諏訪部に詰め寄った。「普段のおまえはいつも委縮しとるくせに」

「宮本、どういうことや？　売人って。さばいてるのはお前と違うんか」

「ええ、うちの若い者にさせてました。でも、もっと稼げると気付きましてね。何せ、諏訪部とカノンは客を持ってますから」

「客？」

口にした瞬間、すぐに理解した。

「はい。K大学だけやなくて、近くには私立の名門D大学もありますからね。諏訪部とカノンを使って、学生に売りつけようかと」

「――学生、か」

ふと、K大学で出会った茶髪の学生が頭を過ぎる。そして、キャバクラでバイトするその友人……大麻草への興味は別にして、単純に学生の数だけを考えれば、千単位だ。宮本からすれば、それを見逃す手はない。

供給が間に合わなければ、他に部屋を借りればいい。何なら、カノンを引っ越しさせれば、６０１号室でも栽培を始められる。宮本なら、そう言い出しかねない。

「なるほどな」と、橋詰は諏訪部に向かって呟いた。「それであんたはキレた訳や」

「はい……私だけならまだしも」

諏訪部が頭《こうべ》を垂れ、拳《こぶし》を握っていた。だが、宮本は変わらず歪《いびつ》な笑みを頬に載せている。

「何や、宮本」

「橋詰さん、こいつの言葉、鵜《う》呑《の》みにしてるんやないでしょうね。妹を可愛がってるんは本当ですが、それ以上に可愛いんは自分自身や。この諏訪部いう男はそういう奴です」

「何だと！」

諏訪部が宮本の胸倉《むなぐら》をつかんだ。

「よう考えてください。住み慣れた場所とはいえ、こいつは妹と同じマンションに部屋を借りたんです。いざという時、妹のせいにできますからね」

「馬鹿な。何を言うんだ！」

諏訪部が激しく腕を振った。だが、宮本は一向に意に介さなかった。

「宮本という男に脅されて、仕方なく部屋を借りた。でも、名義を貸しただけで、あとは何も知らない。宮本と妹が勝手にやったことだ。そう言い逃れるつもりなんです。実際、オレはカノンの客ですからね、〈スターライト〉では。世間の目にどう映るか分かってるんですよ。こいつの魂胆なんて見え見えや」

諏訪部が全身を震わせている。

「橋詰さん、一番の悪党はこいつですよ。この諏訪部教授――」

「黙れ！」

諏訪部が叫びながら、宮本を突き飛ばした。不意をつかれたのか、宮本はそのまま棚にぶつかった。いくつかの鉢が床に落ちる。

不意をつかれたのは宮本だけではなかった。橋詰も瞬間的に足が動かなかった。

安城も同様だったらしい。そんな二人の間を、諏訪部がすり抜けて行った。

「待て！」

橋詰は制したものの、もう遅かった。諏訪部は部屋を出ていた。

そして宮本も――残念ながら、もっとも早く反応したのは、突き飛ばされた宮本だった。

「安城、追うぞ！」

明らかに、橋詰の失態だった。

25

案の定、河原町署へ戻る車中は誰もが無言だった。ハンドルを握る友市は前方だけを見続け、助手席の竹原はぼんやりと車窓を眺めていた。後部座席の柴崎昌は終始俯き加減で、時折ルームミラーを覗き込み、友市の様子を窺っていた。

「……母と連絡はつきましたか？」

昌から何度か訊ねられたが、友市は「ええ、まあ」と返事を濁した。まだ、昌の母親の保護を確約した訳ではなかった。昌の視線に滲む不安は感じていたが、容易に無視できたのは自分でも驚くほどだった。

友市は何も考えるまいと、ただ運転に集中していた。無言の車内は息苦しかったが、雨が止《や》み、ほんの少し晴れ間が差していることが友市の気分を明るくした。

河原町署に到着するなり、いち早く車から下りたのは竹原だった。

「友市、ちょっとタバコ吸ってるわ」

と、野ざらしの喫煙スペースを指差す。そして、目で合図を送って寄越した。「昌を取調室に放り込んだら、ここに来い」という意味だった。

竹原には訊ねたいことがある。と同時に、話さねばならないこともある。もうその時がきている。恐らく竹原も、友市のそんな気持ちを悟っているはずだった。

友市は頷き返し、昌を連れて玄関ホールへ向かった。

本来なら、自ら取調室まで昌を見送るべきところだが、そういう気になれなかった。刑事としてあるまじき態度であるが、昌と再び対峙《たいじ》するにはもう少し間を置きたかったし、何より一刻も早く、竹原と二人きりで話をしたかった。

昌の前に現れた謎《なぞ》の男の正体。

そして、竹原に告げねばならない兄のこと。

いや、今はとにかく謎の男だ。その人物は、あの封書を送ってきた人物である可能性が非常に高い。

友市は受付にいた制服職員に昌を任せ、取調室へ連れて行くよう頼んだ。

「あの、安城刑事……私はどうすれば……」と、昌が弱々しい声で言った。

「彼の指示に従ってください。あとで竹原と一緒に行きますから」

制服職員に促され、昌は階段を上り始めた。何度か振り返り、心細そうな視線を向ける。

だが、友市の意識は竹原に飛んでいた。昌には訊くべきことを訊いた。竹原から頼まれた男の車に関しても。

「濃紺か黒のベンツだったと思います」

それが昌の答えだった。

「おう、友市。悪かったな」

竹原は既に一本を吸い終え、新たなタバコに火を点けるところだった。

「昌の調書はどうします？」

「明日に回したいけど、せないかんやろな」

陽《ひ》が落ち始め、辺りは急激に薄暗くなっている。頬に当たる風はもう夜の冷気を孕《はら》んでいた。その風は友市の肩を小さく震わせ、竹原の髪を揺らした。

「――聞かせてください。竹原さん」

友市は真《ま》っ直《す》ぐに告げた。

竹原も問われることを分かっていた。迷いを見せることなく、「ええやろ」と答えた。

「謎の男の正体、やな」

「はい。竹原さんはもう分かっているんですね」

「分かってると思う」

竹原の拳を見つめた。先程のファミリーレストランでの光景を思い出す。竹原は頬づえをつきながら、もう一方の手で拳を握り締めていた。あの拳の中には、やはり一人の男がいたのだ。

「僕の知っている男ですか?」

「せやな……知っているとも言えるし、よく知らん人物とも言える」

珍しく歯切れが悪かった。

そのまま続きを待った。

「その前に、おまえに訊いてみたいことがある。おれの推測を強固にするためにも、正直に答えてくれるか」

「――はい」

「あいつの話やが、おまえはどう思った? 柴崎昌に接近し、脅した男。その素性は何やと考えてる?」

質問の意味がよく分からなかったが、友市は感じたままに答えた。

「それはやっぱり……ヤクザだろうと思います。本職でないとしても、少なくとも関係者ではないかと」

「そうか……友市もそう思うか」

竹原は紫煙を吐き、少々困ったような表情を浮かべた。

何を困惑する必要があるのかと不思議に思ったが、友市はそこで気付いた。

そうだ、それでは竹原の考えと異なってしまうのだ。竹原は言っていた。謎の男は刑事だろうと。

「そうなんや。おれは男の正体は刑事やと考えてた。けど、あいつもおまえもヤクザやろうと言う」

「いや、でも――」

何か助け船をと思ったが、竹原はゆっくりと首を横に振った。

「気を遣うな。困ったことに、実はおれもそう思ってるんやから」

「え？」

「あいつの話を聞く限り、どう考えても男はヤクザ、もしくはその関係者に思える」

「じゃあ、竹原さんが言っていた刑事というのは――」

「間違いやったって？」

竹原は軽く髪をかき、にやっと笑った。そして、既にできあがっていた吸殻の山頂に、もう一つ自ら積み上げた。

「いいや。これが少々ややこしいんやが、おれは間違ってへんと思うんやな」

「どういうことですか」

「どうもこうもない。言葉の通りや」

「それなら、男の正体はヤクザであって、同時に刑事でもある、そういうことになりますよ」

「勘がええやないか。まさしくその通りや」

じっと竹原を凝視した。その目の奥では何かが光っている。友市はその光を読もうとした。竹原もそれを待っているような気がする。

これまで交わした会話をざっと思い起こす。今日一日で、竹原とは随分と話をした。そしてその分だけ、刑事としての自信もついた。自分は竹原と同じ方向を見ている。それが確認できたのは非常に心強い。だからこそ、竹原の目を読みたい。心を読みたい。

友市はVサインを作った。

竹原が満足そうに頷いて見せた。

「そういうことや、友市」

「一人ではなく――二人だったんですね」

「せや。謎の男は少なくとも二人いる」

「昌の前に現れたのがヤクザで――」

「その裏に刑事がおるんや。そう考えんと、どうにも腑《ふ》に落ちん。確かに、ヤクザ連中はそれなりに情報網を持ってるやろう。けど、警察と比べたら貧弱なもんや。それが三件の事件を調べ上げ、きちんと犯人に辿《たど》り着くなんて、ちょっと考えられん。裏で刑事が動いてるか、情報をリークしてるか、どっちかやないと納得いかん」

「刑事がヤクザに情報を……」

「二人がどういう関係性なんか、まだ想像の域を出ん。でも、そう考えれば、男が柴崎昌の前に現れたことも理解できるし、他の二人の犯人に辿り着いた事実も頷ける」

道徳的なことは抜きにして、友市に反論の余地は見当たらなかった。確かに、竹原の言う通りだ。すべてがたった一人のヤクザの仕業とは考えにくい。

「おれは、刑事がヤクザを操ってたと睨んでる。刑事が事件を調べ、犯人が分かった時点でヤクザを送り出す。罪を認めろってな。いわば、脅しと暴力担当や」

竹原が目を細めた。友市の意見を待っているようだった。

「でも、どうしてヤクザを使うんでしょう？　犯人が判明しているのなら、刑事が直接出向いて――」

「暴力を振るうんか？」

「いえ、逮捕なり、自首を勧めるなり……」

「担当事件でもないのに？　それに、犯人が柴崎昌みたいに頑なに否定したらどうするんや。どうやって罪を認めさせるんや」

手っ取り早いのは暴力や——竹原はそのような言い方をした。決して竹原がそれを望んでいるとは思わない。こうして対面していても、やはり彼には似合わない。その印象に変わりはない。

「脅迫も暴力も刑事にはできん。絶対にやったらいかんことや。それがばれたら刑事ではいられんやろう」

「でも、だからってヤクザを使うのは……」

「暴力を肯定してるんと同じや、そう言いたいんやろ」

「——はい」

竹原はまたタバコを咥え、火を点けた。

「おれもそう思う。そもそも、ヤクザとつながってる時点で刑事失格や」

友市はほっと胸を撫《な》で下ろした。もちろん、竹原に対して疑いなどまったく抱いていない。ただ、言葉としてはっきり聞きたかっただけだ。竹原の想いを聞きたかっただけだ。

「けど、中には暴力を許す刑事もいる。ヤクザを犯人の前に行かせ、拳を挙げて罪を認めさせる。そして、出頭するのであれば、安城刑事を訪ねて行けと注文をつけもする」

友市はぐっと唇を噛《か》んだ。

「僕にこだわっているのは……」

「ヤクザの方やなくて、刑事の方やと思う。例の封筒を送ってきたのも刑事やろう」

「そうなんですか?」

「ヤクザは単なる足に過ぎん。柴崎昌には訊かんかったけど、おれにはもう一つ疑問があった。友市、覚えてるか。謎の男は、あいつが出頭したことをどうやって知るんかって」

覚えている。昨晩、五条の交番を出て昌を尾《つ》けていた時、そんな話をした。

「簡単なことや。謎の男が刑事やったら何も問題ない。どこの署にいようと、遅かれ早かれ伝わってくる。警察組織はそれくらい噂《うわさ》好きやからな」

噂——あまり好きではない言葉だった。

自分のことも、そうして噂になる日は近いだろう。いや、既に水面下では囁《ささや》かれているかもしれない。友市が知らないだけのことかもしれない。

兄は一体、どんな警官だったのか——。

ふと思う。だが、友市は首を振った。今はまぶたを閉じている場合ではない。過去を見つめている場合ではない。目の前には竹原がいる。訊ねなければならないことがある。

「竹原さんは、どちらの男を知っているんですか?　いや、どちらも正体が分かっているんですか」

竹原は少し間を取り、何ともいえない表情を浮かべた。

「両方やな」

瞬間、友市の呼吸が止まる。

「ヤクザの方は多分、宮本勝男」

「──誰ですか」

「宮本……〈千本興業〉の？　昨日、騒動を起こした宮本ですか」

「せや。濃い色のベンツに乗っとったはずや。まあ、その記憶は数年前のことやから、乗り換えてる可能性もあるけどな」

「じゃあ、車が決め手ということでは──」

「違う。決め手はもう一人の方や」

竹原は紫煙を吐き、胸の前で腕を組んだ。

宮本勝男について、友市はあまりよく知らない。一度も対面したことがない。

竹原は言った。男の正体に関して、友市が知っている人物でもあり、知らない人物でもあると。

「──僕が知っている刑事なんですね」

「そういうことやな。ヤクザが宮本やと思ったんは、その刑事のせいや」

「教えてください」

友市は竹原を見上げる。

「橋詰明。うちの組対や」

「──橋詰さん？」

途端に、あの四角い体が思い出された。動物を思わせるような分厚い体。次の瞬間、その巨体は七年前へと友市を誘った。兄が亡くなり、その原因を知りたくて奔走していた日々へと。

父は懸命に涙を堪《こら》えていた。母は泣き崩れていた。友市はそんな二人を連れ、兄が属していた七条署に何度となく足を運んだ。何人もの刑事を呼び止め、一方的に訊ねて回った。しかし、誰も答えてはくれなかった。

その時だ。あの巨体を見たのは……。

そして、その巨体は廊下の隅から友市を見ていた。猛々《たけだけ》しくも、悲しくも映る目で。

そうだ、間違いない。あれは橋詰だったのだ。兄が亡くなった時、橋詰は七条署にいたのだ。記憶が鮮やかに浮かび、明確に重なっていく。寸分の狂いもなく。

「竹原さん、どうして橋詰さんだと思うんですか。いいえ、言い直します。どうして橋詰刑事は僕にこだわるんですか」

首筋を撫でていく風が冷たい。だが、額には汗の玉が浮き始めている。体が震え、同時に熱を発している。

「ここで話すか？　それか、場所変えるか。もう少し落ち着けるところに」と、竹原が優しい声で言った。

「いいえ、ここで……」

足元が揺れているようだった。記憶が目まぐるしく動いているせいだろう。兄が亡くなってからの日々が怒濤《どとう》のように脳裏に溢《あふ》れ、再生を繰り返していた。感情がまるで追いつかない。吐き気すら覚えるほどだった。

竹原の右手だった。

左の肩に何かが乗った。温かい。

そこから伝わってくるものがある。

「竹原さん……知っていたんですね。兄のこと」

「──ああ」

「そして、橋詰さんも──」

「そうやな。あの封書の差出人は橋詰さんやと思う」

友市はゆっくりと頷いた。

七年前の記憶が鮮明になった時、友市もそう直感したのだった。あの大きな体と、どことなく憂いを滲ませた目。橋詰刑事こそが差出人だと。

その時がきた。そう思った。ようやくなのか、とうとうなのか分からない。けれど、確実に心が鎮まっていく。凪《な》いでいく。

「別に隠してたんやない。おまえが兄貴に触れて欲しくなさそうやったからな。だから、おれからは言わんかった」

竹原さん、黙っていてすみません。声になったかどうか。少しでも気を抜くと、膝ががくりと折れてしまいそうだった。

優しい刑事だ。優しい人だ——。

「竹原さんと僕の兄は……」

「短い間やったけど、交番で一緒やったことがある。まだ制服警官の時やな。同期やないし、特に仲がよかった訳でもないけど」

「……そうだったんですか」

竹原の制服姿を想像した。当時はもっと瘦《や》せていたのだろうが、どことなくユーモラスな印象は拭えなかった。友市はぎこちなく微笑《ほほえ》み、軽く目頭を押さえた。

「もしかして……竹原さんですか？　兄の墓に花束を供えてくれているのは」

「花束？　何やそれ」

竹原が首を捻っていた。

違うのか？　だとしたら、他に誰が……。

と、背後からタバコの匂《にお》いが漂ってきた。

竹原のものとは違う。もっと濃厚な香りだった。

「こんなところに呼び出して何やねん」

橋詰刑事だった。

分厚い体を包むスーツが苦しそうである。こうして改めて向き合うと、圧倒的な熱量を感じる。思わず身構えてしまう。

「二人で密会か？」と、橋詰が言った。

「ええ、まあ」

竹原が答えた。どうやら、友市が柴崎昌を玄関ホールへ送っている最中、密《ひそ》かに呼び出したらしい。

「友市、いらん真似やったか？　それやったら言うてくれ」

「いいえ、そんなことはありません」

過去と対峙すべき時がやってきたのだ。友市は一つ息を吐き、改めてその到来を実感した。しかし、橋詰を前にすると、凪いでいた心に波が立ち始めた。胸の内にざわざわと蠢《うごめ》くものがあった。

それでも、友市は一歩踏み出した。

「柴崎昌が出頭してきました」

「……誰やそれ」

「あなたに教えて頂いた犯人の一人です」

橋詰の視線とぶつかる。獰猛《どうもう》な目だ。背筋に緊張が走ったが、友市は逸《そ》らさなかった。

「僕宛《あ》てに送られてきた三通の封書。その差出人は橋詰さんですね」

「……何のことや」

「封書の中には、いずれも一枚だけ用紙が入っていました。そこにはそれぞれ、一つの名前が記されていました。僕が担当する事件の犯人の名前です。残念ながら、〈柴崎昌〉と書かれた用紙は雨に濡れて破れてしまいました。ですが、他の二通は今も自宅に保管しています」

友市は一気に話した。息継ぎを忘れるほどに。

「……知らんな」

「そんなはずありません。あなたは独自に捜査をし、〈千本興業〉の宮本勝男を走らせていた」

「はあ？　何で俺がそんなことせないかん。そんな暇あらへんわ。おまけに宮本やと？　あんな腐れヤクザ知るか」

「あなたの黒い噂は僕も聞いたことがあります。その相手は宮本だったんですね」

「俺は潔白や。黒い噂なんか掃いて捨てるほどあるわ」

「ですが、そこまで深い関係だとは思ってもいませんでした。いつからの付き合いですか？」

「だからやな……」

「何度でも繰り返します。あなたは僕が担当する事件を調べ、容疑者を突き止めると、宮本を差し向けた。そして、宮本に拳を使わせることで、彼らに罪を認めさせた。その一連の過程の中、あなたがどんな捜査をし、どう判断を下したのか、それは想像するしかありませんが」

「お前……よう喋るな」

「柴崎昌は出頭を選びました。他の二人はどうだったのでしょう。彼らにも同じく選択肢は与えられたのでしょうか。彼らの場合に関しては、出頭を選択したけれど、それよりも早く我々の方が動いていた、ということなんでしょうか。とにかく、どんな形にせよ、あなたは僕に犯人を逮捕させようとした」

「だから、何で俺がお前に……」

「どうして僕なんです？」

友市は更に歩を進めた。足を踏み出すごとに、七年前へと引き戻される。

「橋詰さん。ご存じかと思いますが、僕は安城徹の弟です。七年前、兄は七条署の地域課にいました。そして、同じ七条署には――あなたもいた」

橋詰の表情が変わった……ような気がした。

しかし、依然として目つきは厳しい。押し潰《つぶ》されるかのような圧力だった。

「当時、僕はまだ大学生でした。兄の事故について詳しく聞かせて欲しいと、僕は両親と一緒に何度も七条署を訪ねました。兄がどうして桂川《かつらがわ》にいたのか、どうして流されてしまったのか疑問に思っていたからです。でも、誰も相手にしてくれなかった。実際、誰も知らなかったのでしょう。いえ、誰も関心がなかったというべきでしょうか。橋詰さん、あなたを除いては――僕は覚えています。通路の端から覗くあなたの悲しそうな目を。あの時、あなたはずっと僕を見ていた」

「……知らんな」

橋詰がぽつりと零した。どうにか聞きとれるほどの声だった。

「聞かせてください。あの封書は本当に僕のためだったのでしょうか。それとも――兄のためだったのでしょうか」

「知らんと言うてるやろうが！」

橋詰の右手が伸びたかと思うと、友市は胸倉を締め上げられていた。

「兄に何が起きたのです？　教えてください。僕はそのために刑事になったんです」

臆《おく》せず、真っ直ぐに問うた。橋詰は兄の死に関して何か知っている。その思いが友市を支えている。

「橋詰さん、おれからもお願いします」

竹原が頭を下げていた。

「竹原……お前は関係ないやろ」

「そうでもありませんよ。覚えていませんか？　七年前、おれも西大路のマンションにいたんです。宮本が騒ぎを起こしたマンション〈ブランコ西大路〉に」

「……何やって？」

「おれはそこで、橋詰さんから祝儀袋をもらいました」

竹原が意味ありげな笑みを浮かべていた。

「祝儀袋？」

「宮本から巻き上げた金です。橋詰さんはそれを成瀬という制服警官に渡した。三人分だと言って。成瀬に安城、残りの一人は――」

「……竹原、お前やったんか」

橋詰の太い腕からふっと力が抜けた。

「ええ。あとで安城に頼んで、祝儀袋は返しましたが。安城もそうしたと聞いています。結局、懐に入れたのは成瀬だけでした」

と、友市の胸倉にあった橋詰の拳が落下した。橋詰は微かに頬を崩したあと、不思議そうに自分の拳を見つめていた。

「お前のシャツ、何で濡れてるんや」

「さっきの雨に打たれました。ですが兄は……もっと濡れていた。桂川に流されて。橋詰さん、教えてください。兄がどうしてそうなったのか」

橋詰の肩がぴくりと反応した。橋詰は拳をだらりと下げたまま、ゆっくりと友市から視線を外した。獰猛さや厳しさが消えていた。

そうして、橋詰はしばらく足元を見つめていた。

「……勘弁してくれ」

「橋詰さん——」

「悪いが、今は勘弁してくれ……」

橋詰が背を向けた。両肩がひどく落ちている。あれほど分厚い体が萎《しぼ》んで見える。

「花束を」と、友市は言った。「有難うございます。兄の墓に供えて頂いて」

橋詰が立ち止まった。全身を硬直させたかのように、その場から動かなかった。

無言が続く。

橋詰は決して振り返らない。

友市はじっとその背中を眺めつつ、言葉を待った。

「花束？　ふん、どの面下げて安城の墓参りに行け言うねん……俺にはそんな資格なんてあらへん……」

橋詰はそう言い残し、重い足取りで去って行った。

26

すぐ目の前にベンツの尻が見えている。運転席には宮本が、そして、後部座席には諏訪部が乗っている。

橋詰は結局、マンション内で諏訪部に追いつくことができなかった。諏訪部はエレベーターではなく、階段を駆け下りた。一番に彼を追った宮本もそれに続いた。意外にも、二人は八階分を下りるだけの脚力を持っていた。途中で橋詰を抜いて行った安城でも、彼らを捕えられなかった。

そうして宮本は諏訪部を車に放り込み、エンジンを始動させたのだ。

それが三分前のことだった。

橋詰はハンドルを握りつつ、呼吸を整えるのに必死だった。今もまだ肩で息をしている。ベンツは西大路通を南へ下っていた。幸いなことに、まだ交通量がある。そのおかげで、橋詰の小型車でもベンツに食らいつくことができた。

「パトランプ、鳴らしますか?」と、安城が言った。

「やめろ。他の車が脇へどきよる。宮本のために道を空けてやるようなもんや」

とはいえ、馬力が違い過ぎる。徐々に差が開き出していた。

――くそったれ！

橋詰は思いきりハンドルを叩きつけた。

「宮本は諏訪部さんをどうするつもりなんでしょう」

「どうもこうもあらへん。今までのように従わせるだけや」

「ですが、橋詰さんにも私にも知られてしまいました」

「だから要注意や。俺とお前を手懐けようとする」

「諏訪部を人質にとって、ですか」

「ああ。いうても、諏訪部は一般人やからな。一般人を守るのが俺らの仕事や。警官の弱味をよう分かっとる、宮本は」

「では、諏訪部さんを――」

「助けなしゃあない。残念なことにな」

ベンツは信号無視を繰り返していた。だが、その時だけはベンツの尻にブレーキランプが灯《とも》る。事故を起こしている場合ではないと宮本も分かっているのだ。

「よし、赤や。差を詰めるぞ！」

ハイビームを当て、アクセルを全開にする。

ベンツがブレーキを踏みながら右折し始めた。八条通の交差点だった。

「安城、つかまれ！　けつに当ててやる！」

迷わなかった。アクセルペダルを踏んだまま、ベンツの後輪を狙《ねら》ってバンパーを食い込ませた。

一瞬の爆発――ガツンと重苦しい金属音が車内に響いた。

ベンツが大きく外へと尻を振った。と同時に、橋詰の小型車も左方向へ弾《はじ》かれてしまった。

ちっ、狙いが外れたか。

足回りを壊すつもりだったが、失敗したようだった。宮本のベンツは器用に体勢を立て直し、八条通を西へと走り始めていた。

追いつけるか？　いや、追いつかねばならない。何としてでも――。

雨が叩きつける中、橋詰はハンドルに覆い被《かぶ》さるようにして宮本を追った。エンジンに異常はない。だが、右の前輪がやられたようで、まったくスピードが出なかった。

それでも追い続けるしかなかった。

テールランプはまだ見えている。

じっと目を凝らす。

「宮本の車、止まってます」と、安城が言った。

「よし！」

やはり、先の衝突で足回りを損傷していたのだ。橋詰の判断は功を奏していたのだ。

桂大橋の手前辺りだった。橋を越えれば桂離宮に出る。

ベンツのドアが開いた。二つの影が雨の中に浮かび上がる。

諏訪部を先に立たせ、その背後に宮本がぴったりとついている。

桂川沿いの遊歩道だった。

橋詰は車を止めると、運転席から飛び出した。二人の影を追う。背中に安城の足音が続く。

「宮本！」

影が立ち止まった。

「橋詰さん……ええ加減にしてくださいよ」

宮本は諏訪部を盾にとる形で前に立たせ、その首に右腕を巻きつけていた。

「それはこっちの台詞《せりふ》や、こら！」

橋詰の怒鳴り声に合わせて、安城が一歩前へ出ようとする。

「安城、待て。宮本の奴、銃を持ってるかもしれん。無茶な真似はするな」

「分かっています」

「最悪の場合も想定しとけ。あいつ、俺とお前の口を塞《ふさ》ぐ可能性もあるからな」

足元が異常に冷たい。しかし、顔は火照っている。雨が顔面を叩くが、橋詰は決して拭わなかった。宮本から視線を外さなかった。

宮本が諏訪部を連れて、じりじりと後退している。整備された遊歩道の先は芝に覆われた土手である。

轟音《ごうおん》が聞こえる。桂川の濁流だ。上流から運ばれてきた石が川底を転がり、激しくぶつかり合う。不気味な音が響く。うねる水面が目に浮かぶようだった。

「宮本、もう終わりや。観念せえ」

「終わり?」

「そうや。ここにいる安城が三人を逮捕する。そういう筋書きや」

「それが橋詰さんが下した決断ですか」

「俺もお前も諏訪部も、揃《そろ》ってブタ箱行きや。手柄はすべて安城のもんや。俺が無理に付き合わせてしもたからな」

宮本の右腕が小刻みに震えている。

諏訪部が苦しそうに息を零す。

「まずは諏訪部を放せ。俺が相手になる」

「あほなこと言わんといてください。オレは……橋詰さんと違う決断をしたんでね」

「はあ?」

「これまで通り何も変わらない――これがオレの決断です。諏訪部に大麻草を栽培させ、プさせますよ。何なら、安城さんにも支払いましょうか」

「だから、目をつむれと？」

「はい。今まで通りに」

宮本が笑みを浮かべていた。だが同時に、追い込まれてもいるはずだった。諏訪部を盾にとっている。それが何よりの証拠だ。普段の宮本ならば、決してそんな真似はしない。

しかし、橋詰は動けずにいた。この状況を見る限り、宥《なだ》めすかすという手は使えそうにない。ならば、腕力で抑え込むしかない。

雨に濡れた肩がどっしりと重い。

唇を嚙んだ。どうにも踏み切れない。宮本だけなら、玉砕覚悟で体当たりもする。だが、その間には諏訪部がいる。

天を仰ぐ――どうすべきや？

と、黒い影が動いたような気がした。宮本に悟られぬよう、目だけで周囲を窺った。安城だ。いつの間にか、安城は橋詰の傍から姿を消し、宮本の横側に回り込んでいた。合図を待っている。そんな気がした。

橋詰は宮本を睨んだまま、足を踏み出した。

「お前からの献金は惜しいけどな。でも宮本、もう終わりにしようや。どうせいつかはバレる。ブタ箱に入るんは変わらん。これまで十分に楽しんだやろが」

「いいえ、まだまだ金を稼がんと。愛南の店もオープンしたばかりです。それに何より、オレには娘ができましたからね」

「愛南と娘のことは心配すんな。これまでに巻き上げたお前の金がまだ残っとる。それを全部渡してやる。当分の間は大丈夫や」

無造作に間合いを詰める。

その分、宮本が後退する。

もう少しや。安城、焦るなよ。

「む……娘？」と、諏訪部が唸《うな》るように言った。

「お前、気付いてへんかったんか？　あれは宮本の子や」と、橋詰は答えた。

「き、貴様……」

諏訪部が必死になって足をばたつかせた。

「あんた、准教授か何か知らんけど、意外とあほやな。宮本の脅しを真に受けるなんて」

あと数歩。そこから飛べば宮本に手が届く。

「安城！」

声を張り上げた。その声は桂川の濁流に飲み込まれてしまったが、安城には届いたはずだった。

橋詰は思い切り地面を蹴った。宮本に向かって飛び込んだ。諏訪部には悪いが、多少の怪我《けが》は我慢してもらうしかない。

四つの影が塊となり、土手の上を転がった。

どこをどう動かしたのか分からない。とにかく宮本の体をつかもうと必死だった。

「助けてください！」

安城の声ではない。宮本はまだ橋詰とともに土手を転げ回っている。

「諏訪部さん！」と、安城が叫んだ。

塊となった時に弾き飛ばされたのか、逃げようとして足を滑らせてしまったのか。諏訪部が濁流の中に落ちようとしていた。

「た、助けてくだ——」

まずい。流されたか。

ロープか何か——そう思った瞬間、濁流に飛び込む影があった。

「安城！」

橋詰は宮本に馬乗りになっていた。その顔面めがけて拳を放つ。一発、二発。

そして、土手沿いを駆け出した。

「安城、どこだ！　声を聞かせろ！」

聞こえてくるのは水の咆哮《ほうこう》だけだった。不吉な轟音を響かせながら南へと流れている。

「安城！　声を出せ！」

「……ここです」

微かに聞こえた。

「どこだ！」

「……助けてください」

もう少し先だ。橋詰は前のめりになって足を動かし続ける。

土手に腕が見えた。倒れ込んで、その腕をつかむ。

――諏訪部だった。

「安城はどうした⁉　答えろ！」

「分かりません……私を土手に押し上げてくれて……そのあとは……」

諏訪部を引っ張り上げた。荒い呼吸を繰り返している。銀縁の眼鏡がない。流されてしまったのだろう。

「安城！　安城！」

濁流を呪《のろ》った。宮本を呪った。諏訪部を呪った。そして何より――自分自身を激しく呪った。

橋詰は駆けてきた土手を、それ以上の速度で戻った。

宮本は同じ場所でまだ大の字になっていた。

その横腹に爪先《つまさき》を食い込ませる。

「宮本！　お前、どう責任とるんや。安城が流された。俺の大事な部下が流された！　有望な警官が流された！」

「……諏訪部は？」と、宮本が訊いた。

「諏訪部なんかどうでもええ！」

更に宮本の横腹を蹴った。

宮本は笑っていた。

「……本音が出ましたね。一般市民のことなんてどうでもええんですね」

「ああ、そうや。安城の方が大事に決まっとるやろが！」

「橋詰さん……どうします？　オレたちを逮捕する警官が流されてしまいましたよ」

「ふざけんな！」

「大真面目《おおまじめ》です。オレたちを捕まえる者は誰もいませんよ。今日のことはすべて水に流しましょう。いや、もう水に流れてしまいましたか」

宮本はそう言って、雄叫《おたけ》びを上げるように笑った。

橋詰は宮本の胸倉をつかみ、思い切り絞り上げた。

「もし安城が助からんかったら分かってるやろな、え？」

「橋詰さん……オレたちはもう真っ黒なんです。更に黒く染まったところで何も変わりません……橋詰さんの決断が変わることを期待してますよ」

宮本の意識が飛んでいた。

橋詰はその場に膝をつき、何度も拳を地面に叩きつけた。皮膚が裂けても止めなかった。

安城……頼むから生きていてくれ。

橋詰は濁流を見つめた。

拳ではなく、胸に激痛が走る。

橋詰は痛いほどに分かっていた。

どれだけ願おうが、安城が助からないことを――。

27

橋詰刑事が辞職した――。

友市は翌朝、河原町署の喫煙所でそれを知った。何の予感も、胸騒ぎもなかった。

「本当ですか、竹原さん」

「ああ、ほんまらしいわ」

「昨日ここで話したばかりですよ」

橋詰と話したのはほんの短い間だった。どんな言葉を交わしたか、一言一句思い出せるくらいだった。

それでも、友市にとっては非常に意味のある時間だった。兄の死について、ほんの少しだけ知ることができた。いや、手がかりができたと言うべきだろうか。

昨晩は自宅で、そのことばかり考えていた。橋詰との会話を何度も反芻《はんすう》した。そして明日もまた——そう思っていた。

その矢先の辞職だった。

「どうやら橋詰さん、そのままの足で辞職願を出したらしい」

「そのまま?」

「おれらがここで話したあとってことや」

「そうなんですか⁉」

「昨日書いたんか、前から用意してたんかは知らん。けど、元々辞める覚悟やったたって話や」

昨晩、ここで見た橋詰の背中を思い出す。確かに重苦しかった。そして、どことなく小さくも見えた。だがそこに、そんな決心が潜んでいたとは夢にも思わなかった。

「友市、変な風に考えるなよ」

「え?」

「おまえの顔を見てたら分かる。橋詰さんが辞職したんは、昨日の話がきっかけやったんやないか、そう考えてるやろ」

その通りだった。昨日の話というよりも、むしろ、兄の死について問うたことが辞職願につながったのではないか……友市はそう考えていた。

しかし、だからといって責任を感じている訳ではなかった。自分でも不思議なほど冷静だった。確かに、橋詰を辞職へ追い込んだのは自分かもしれない。だが、当事者でありながら、どこかしら客観的に状況を見ている自分がいた。

それはきっと、友市に残された一つの懸念のせいだろうと思われた。兄のことについて、今後、橋詰が語ってくれるかどうか。

昨日、橋詰は言った。「今は勘弁してくれ」と。

どうして「今」がまずいのか分からない。だが、これから先いつかは——友市はそう解釈していた。昨日、喫煙所から去って行く橋詰の背中に、そんな決意らしきものを見ていたのだった。

そう、光はまだ残されている。

「でも、残念やな」と、竹原がぽつりと言った。「橋詰さんが辞めてしまうんは」

「——はい」

「特に世話になってへんけど、おれ、結構好きやったんや。橋詰さんのこと」

「昨日も言うたけど、初めて会《お》うたんは七年前、西大路のマンションやった。おまえの兄貴も多分そうやろう。おれも安城もまだ制服やった」

竹原が遠い目をしていた。こんな表情を見るのは初めてだ。

「数日前、別のマンションで宮本が騒いだようやけど、七年前にも同じことがあったんや」

「部屋から締め出されたんですか、宮本が」

「そうやろな。喚《わめ》き散らすわ、ドアを蹴飛ばすわ、取り押さえるんが大変やった。ほんま、もうちょっとで殴るところやった」

「竹原さんが?」

「まだ若かったからな。こんなこと言いたくないけど、その時は本気で思ったわ。力でねじ伏せる方が早い場合もあるってな」

「え?」

友市は少なからず驚いた。竹原の言葉とは思えなかった。そもそも、竹原にそんな血気盛んな時代があったことさえ嘘のようだった。

「もちろん、拳は挙げてへん。挙げたとしても、宮本にやられてたやろな。でもあの時、それを平気でやってのける屈強な刑事が現れた」

「そうなんですか」

「――橋詰さんですね」

「せや。宮本を怒鳴りつけ、襟首を締め上げ、おまけに金まで奪った。ほんま、すかっとしたわ。こんな刑事もいるんやとびっくりした。正直、おれは橋詰さんが羨《うらや》ましかった。なれるもんやったら、こんな刑事になるんもええなと思ったんは事実や」

何も返せなかった。一時的にせよ、竹原の理想が橋詰だったなど信じられなかった。

「そんな顔するな。昔の話や」

「いえ、いくら昔でも……」

言って、はっとした。竹原は柴崎昌を問い詰める際、「暴力の方が手っ取り早い」といった類いのことを口にしていた。友市にはそれが、暴力にこだわっているように映りもした。まさか、そこには橋詰の存在が――。

「変に考えるなよ。おれにはそんな度胸なんてあらへん。殴ってやりたいと思うだけで精一杯や。橋詰さんみたいにはなれんし、ならんよ」

竹原が突き出た腹をさすりながら言った。その様は相変わらずユーモラスで、本気なのか冗談なのか判断できなかった。

「拳を挙げたら、その分だけ自分に返ってくる。そうして消えた馬鹿も間近で見たしな」

「誰のことですか?」

「成瀬や」

聞き覚えのある名前だった。

「七年前、竹原さんと一緒に──」

「同じ交番勤務やった男や。橋詰さんがくれた祝儀袋を懐に入れた奴やな」

その祝儀袋を返したのが竹原と──兄だった。

「日頃から鬱憤《うつぷん》が溜《た》まってたんかな。宮本みたいなヤクザやなくて、一般人を殴ってしもた。まあ、酒が入ってたってこともあるんやが、通報されて、あっという間に飛ばされた。今はどこで何をしてるかも知らん。わりと馬の合う奴で、よう飲みにも行った」

「じゃあ、兄とは合いませんね。兄はお酒が駄目でしたから」

「ああ、あいつは徹底してたな。飲みに誘っても全然や。友市、知ってるか。安城の奴、自分自身の歓迎会も途中で帰ったんや。一滴も飲まんと」

自然と笑みが零れる。兄は酒の場が苦手というよりも、酔っ払いが嫌いだった。多分、その成瀬とかいう男が騒ぎ出し、兄は勝手に退席したのだろう。ありありと想像できる光景だった。

「そんなことも含めて、安城は不思議な奴やった。やる気があるんかないんかよう分からん。同僚と上手くやろうとか、出世しようとか、そんな素振りがまるでない。かと思うと、職務には忠実で、淡々と仕事をこなしとった。無駄口も叩かんとな……もっと喋っておけばよかったわ。おまえに語って聞かせてやれるくらいに」

竹原がそこでふと口を噤み、視線を落とした。

「竹原さん……」

「実はな、友市。おれも調べてたんや。安城のこと」

「え？」

「昨日、おまえは言うたな。兄貴の事故を調べるために刑事なったって」

「はい。でも、全然……」

というよりも、どう調べてよいのか分からないというのが実情だった。警察学校を卒業した友市はまず、宝《たから》が池《いけ》署の刑事課に配属された。河原町署よりもずっと北にある所轄である。友市はそこで勤務の傍ら、兄のことを探り始めた。兄と同期の者、あるいは、当時七条署にいた刑事や職員たちを一人ずつ当たるつもりだった。

「でも、最初から躓《つまず》きました。兄を知る関係者に接触するどころか、彼らを探す方法すら分かりませんでした。まだまだ新米で、コネや伝手《つて》も何もありませんでしたから」

「まあ、せやろな。おれでさえも苦労したし、おまけに途中で諦《あきら》めてしもたからな。友市には悪いけど」

「いえ、そんな」

「おれも気になってたんや。安城の事故は。何であいつが桂川なんかに……でも、七年前のあの日のことを知ってる者が極端に少なくてな。安城が交番勤務の新米やったから仕方ないってのもあるけど、頼みの綱やった成瀬がまったく口を開かんかった」

「成瀬さん？」

「あの日、あいつは安城と一緒に交番にいた。おれは非番やったからな。ある意味では、安城の最後の姿を見たんは成瀬やとも言える。だから、おれは後日、成瀬を問い詰めた。どうして安城が交番を離れたのかってな。どう考えたっておかしい。けど、成瀬は『知らん』の一点張りや」

「成瀬さんが嘘をついていると？」

「嘘っていうよりも、何か隠してるって感じやったな。黙らされてるっていうか。それこそ、柴崎昌みたいにな」

「……脅迫、ですか」

「分からん。聞き出す前に、成瀬は飛んでしもた」

竹原はその時を思い出すように上空を仰いでいた。

「すまんな、友市。成瀬を追おうと思えばできたんや。けど、頼みの綱が切れてしもたせいか、おれもそこで投げ出してしもた。同じ交番で働く後輩が亡くなったっていうのに」

竹原を責められる訳がなかった。実の弟である友市でさえ、兄の事故を追うことが億劫《おっくう》になりかけていたのだから。

「ほんま、おまえとコンビを組むとは思いもせんかった。互いにそうやって水面下でごちゃごちゃ調べてたから、この忙しい河原町署に異動になったんかもな。余計な詮索《せんさく》はせんようにって。まあ、これも何かの縁や。おまえの世話をするんも——」

竹原が照れくさそうに目を細めた。

「分かっています。竹原さんには本当によくしてもらっていますから」

友市の面倒を見るのは自分なりの罪滅ぼしだ——竹原はそう言いたいのだ。

「有難うございます。兄の事故について調べて頂いただけで十分です。兄と竹原さんが同じ交番で……」

知らず、目頭が熱くなっていた。

友市はぐっと堪える。ここで涙ぐんではいけない。涙を流すのは、兄の死が明らかになった時だ。それまでは——。

「行きましょう」

友市は腹の底から告げ、先に歩き出した。

玄関ホールを抜け、階段を上る。その間、一度も背後を振り返らなかった。

刑事課のフロアが騒々しかった。橋詰の突然の辞職によるものだった。低い声が床を這《は》っている。その声には驚きの色もあれば、悪意の色もある。

その中で、隣の組織犯罪対策係の一席だけが嘘のように静かだった。

もちろん、橋詰明のデスクだ。

「おい、友市！」

珍しく竹原が叫んでいた。
その原因に友市もすぐに気付いた。
――四通目。
友市の机の上に、見覚えのある白い封筒が置かれていたのだった。
「竹原さん、これ……」
友市は駆け寄り、手に取った。
〈安城友市様〉と書かれている。
間違いない。過去三通と同じ封筒であり、同じく達筆な文字だった。
違っているのは宛先《あてさき》の住所がなく、切手も貼《は》られていないことだった。
「橋詰さん……」
小さく呟く。呟きながらも、友市の両手は勝手に動き出している。
「ちょっと待て。場所を変えて――」
竹原の制止は間に合わず、友市は既に中から一枚の用紙を抜き出していた。
これまでと同様、白い用紙には一つの名前が書かれていた。
そして、そこにはごく短い文章が添えられていた。
〈橋詰明――すべては俺のせいや。安城徹の死は俺の責任や〉

28

友市は急勾配《きゅうこうばい》の坂を見上げていた。

陽は高く、晴れ渡った空に薄い雲がたなびいている。

今月二度目となる兄の墓参りだった。

先日はここを上るのかとうんざりする自分がいたが、今はもういない。

その代わりではないが、焦れる自分がいた。友市は何度も腕時計を見ていた。

午後一時十五分。

約束の時間から十五分が過ぎている。

寺の駐車場に止まっているのは友市の軽自動車だけである。少し前まで、竹原の運転する署の車があったが、竹原は兄の墓に手を合わせると、すぐに帰ってしまった。橋詰が来るであろうことは伝えていた。気を利かせてくれたのだ。

しかし、その橋詰はまだ現れない。

実際、来てくれるかどうか、微妙なところではあった。絶対という確信はない。橋詰の携帯電話にメッセージを残しただけである。封書の礼と今日のことを簡潔に。

あの日から、橋詰が刑事を辞めた日から、一週間が過ぎていた。

友市の机の上でなく、自宅マンションに別の封書が届いたのは三日前のことだった。これまでの四通と同じく白い封筒だったが、その厚さがまったく違っていた。中には十数枚もの用紙が封入されており、橋詰の巨体を思わせるほど膨らんでいた。

橋詰からの手紙——兄の死の経緯について書かれたものだった。

そこにあったのは、兄が警官だったという事実であり、二年間の警官人生の中の、たった二日という短い時間であった。

それでも、友市は様々なことを知った。様々な人物を知った。すべて友市の知らない出来事であり、会ったこともない人物ばかりがそこにいた。

何度も読み返した。その度に胸が詰まった。

だが、不思議と涙や怒りはなかった。いや、きちんと表に現れなかったというべきか。感情の整理ができた訳ではない。兄の死の真相を知ったからといって、心に決着をつけられた訳でもない。気を緩めれば、たちまち過去へと引き戻される。

涙や怒りが込み上げてくるのは、多分これから先のことだ。

それ以上に、まだまだ訊ねたいことがあった。橋詰にも、他の人々にも——。

あの封書は今もジャケットの内ポケットにある。いつでも読み返せるように。

二十分を回った。

坂の上から下りてくる人影があった。髪の長い女性だ。先程まで友市の傍にいた女性だった。

「有難うございます。兄も喜んでいると思います」

彼女に向けて深々と頭を下げた。黒のジーンズに黒のピーコート。彼女なりの喪服らしい。

「ううん、全然」と、彼女は手を振り返す。「今日はちゃんと供花台《きょうかだい》に差してきた。ご両親のための場所をとって悪いけど」

十分ほど前、彼女は花束を抱え、この坂を上って行った。「橋詰さんを待ってても仕方ないよ」と言って。

錠前屋こと河合怜奈《かわいれな》――宮本勝男の実の妹だった。彼女が幼い頃に両親が離婚し、宮本は父親と、彼女は母親と暮らすことになったのだという。

彼女と会ったのは今日が初めてだ。友市は約束の時間よりも早く寺に着いたが、彼女は既に到着していた。薄いピンク色の花束を持って。

その瞬間、友市は知った。兄の墓に花束を供えてくれていたのは彼女だったのだ、と。

「わたし、安城さんのこと、ちょっと好きだったんだ」

「あなただったんですね。花を供えてくれていたのは」

「うん、橋詰さんに頼まれてね」

そうか。やはり、橋詰さんが――。

「今日もそう。橋詰さんに頼まれたの。自分は安城さんや友市君に会う資格がない、会わせる顔がないって。だから、代わりに行ってくれって。わたしが知ってることは、何でも友市君に教えてやって欲しいって」

対面するなり、怜奈はそう語った。彼女は橋詰が来ないと踏んでいるようだったが、友市はそれでも待ち続けるつもりだった。

彼女のピーコートから、花束の残り香が微かに匂う。

友市は改めて訊ねた。

「兄の事故について、どこまで知っているんですか？」

「安城さんが亡くなる前後のことは一通り。わたしのところにも、橋詰さんから手紙がきた。わたしも友市君と同じで、つい最近まで事故の背景は知らなかったの」

「そうなんですか」

「聞かされていたのは、安城さんが事故で亡くなったって事実だけ。詳しいことを訊ねても、橋詰さんも宮本も教えてくれなかった」

「じゃあ、橋詰さんからの手紙で――」

「うん、まったく同じ。でも、意外だったな。橋詰さんが手紙なんて。文章を書くのが大の苦手ってタイプだもん」

「ええ、確かに流麗《りゅうれい》ではありませんでした。でも、端的でした。事実だけが淡々と」

そう、橋詰の主観や感情は一切なかった。

「友市君やわたしを変な風に誘導したくなかったんだろうね。あの人、ああ見えて案外気が回るから」

橋詰の手紙には誰の連絡先も書かれていなかった。それは、誰とも接触するなということではなく、橋詰の意思ではないかと思われた。この手紙が終わりではない。本当の意味で終わりを迎えるまで待ってくれ。そんな想いが滲んでいるように感じられた。

それでも、友市は橋詰の携帯番号を調べずにいられなかった。河原町署の元刑事である。番号を知っている者が何人かいた。

橋詰は電話に応じなかった。応答するのはいつも留守番メッセージだった。

だから、呼び出すことに決めた。兄の墓の前に。兄の前で手を合わせ、事故の背景を語って欲しいとメッセージに残した。

「今日のこと、宮本は知ってるの？」と、怜奈が訊いた。

「いえ、橋詰さんだけです」

「じゃあ、諏訪部さんも――」

「はい、まだ連絡先が。これから調べるつもりですが」

諏訪部耕太郎はあのあとすぐK大学を離れ、実家のある石川県の大学へ移った。彼の心境からすれば、京都にはいられない、橋詰や宮本の傍から一刻も早く離れたい、というのが本音であったろう。

そして、橋詰もそれを強要した。ある程度の金を握らせ、身の安全と罪を見逃す代わりに、あの日に関することは誰にも喋るなと命じた。

橋詰の手紙にはそう書かれていた。

「友市君、怒ってないの？」

「怒っていないと言えば嘘になるのでしょうが……正直、まだまだ整理がつかないというか」

怜奈がにっこりと微笑む。

「友市君、優しいね。お兄さんと一緒」

何と答えてよいのか言葉に詰まった。友市は髪をかきながら目を逸らし、「カノンさん」と呟いた。

「え？」

「カノンさん……いえ、諏訪部雅子の現状については何も書いてありませんでした」

「うん。わたしへの手紙にもなかった。橋詰さん、その辺り配慮したのね」

友市もそう考えていた。諏訪部雅子は何の罪も犯しておらず、いわば巻き込まれてしまった被害者だった。隣にいる怜奈でさえ、不法侵入に手を貸している。完全なる一般市民は諏訪部雅子だけなのだ。しかも、橋詰は彼女と一度も顔を合わせていない。

兄の事故には一切関係ない──橋詰はそう言いたかったのだろう。だから、彼女の現状については手紙には記さなかった。

「わたしもカノンさんと会えなかった」と、怜奈が言った。「一度、会ってみたかったな。何か似てるのよね。年の離れた兄に可愛がられて育ったから。関係性はまったく逆だけど。わたしは兄と血がつながっていて、幼い頃に別れた。カノンさんは兄と血がつながっていないけど、幼い頃から一緒だった」

「宮本と別で暮らすようになってからも、よく会っていたんですか？」

「そうね。何かと気にかけてくれた。だから、諏訪部さんの気持ちはよく分かる。わたしと宮本も一回り違うからさ。まあ、向こうは准教授で、こっちはヤクザだけど」

「あの、こんなことを訊ねるのは失礼かもしれませんが、宮本が何を生業《なりわい》にしているのか知っていたんですか？」

「やっぱり友市君、優しいね。はっきりヤクザって言ってもいいのに」と、怜奈は頰を崩した。「幼心に分かってたよ。普通の仕事じゃないってことは。そもそも、父親がそうだったから。まあ、それが離婚の原因にもなったんだけど……でも、血は争えないのかな。結局、わたしも普通じゃない仕事をしてるし」

本当かどうか分からないが、怜奈は探偵業のようなことをやっていると語った。錠前屋の技術もその一環として学んだらしい。恐らく、その他にも表稼業では使えない技術を習得しているのだろう。そんな口ぶりだった。

「友市君、わたしのこと捕まえる？　それとも、橋詰さんと宮本みたいに、わたしと組む？」

　怜奈が冗談ぽく片目をつむった。

「七年前に関しては見逃しますよ」と、友市も笑みを返す。「というより、証拠が残っていません。ですがこれから先、何らかの事件で、あなたの名前が浮かべば捕まえると思います。僕は橋詰さんのようにはなれません」

「なりたくないってこと？」

　友市は頷いた。多分、本心だった。

　兄が生きていたとしても、きっとそうであったろう。橋詰のようにはならなかったはずだ——あの日の出来事を隠蔽《いんぺい》するような刑事には。

「じゃあ、こうして会うのは今日が最後かもね」

「——はい」

　怜奈が白い歯を零していた。だが、どことなく寂しそうだった。

「ねえ、友市君。橋詰さんと宮本をどうするつもり？」

「それは——」

「いや、やっぱり答えなくていい」と、怜奈が首を横に振った。「わたし、先に帰るね」

「今日は有難うございました。よければ、これからもまた兄に花を――」

「そのつもりよ。これまで通り、友市君には会わないようにするから」

怜奈はそう告げると背を向けた。手を振りながら去って行く。

あっという間の、最初で最後の対面だった。

腕時計を見た。一時三十分を過ぎていた。怜奈の言う通り、橋詰は現れないかもしれない。

再び坂を見上げた。

先に墓参りを済ませておくか。

ゆっくりと坂を上り始める。一歩踏み出すごとに、花の匂いが友市の鼻をくすぐる。気のせいだろうが、今日は匂いが濃厚に感じられた。

胸に手を当て、内ポケットの手紙を握り締める。

兄貴、すまん。こんなにも時間がかかってしまった。本当に長い時間が……。

墓の前で直立した。線香を供え、兄と向き合った。

何も言葉が出てこなかった。きっと、伝えたいことがあり過ぎるのだ。語りたいことがあり過ぎるのだ。

かかとを揃え、敬礼の姿勢をとる。

「兄貴、親父はもう店を閉めたよ。でも、元気でやっている。母さんもな」

口を衝いたのはそんな言葉であった。

すぐに背を向けた。そうしなければ、このまま墓の前に居続けてしまうだろう。

じっと足元を見つめたまま、坂まで戻った。

その坂の下に友市は見た——一人の影を。

深々と頭を下げる橋詰だった。

友市は坂を駆け下りた。

「来てくれたのですね、橋詰さん」

「……ああ」

橋詰が微かに首を縦に下ろした。

「顔を上げてください」

「それはできん。合わせる顔がない」

橋詰の両肩が震えている。

友市はその肩に手を置き、強引に引き起こした。橋詰の顔が苦悶《くもん》に歪んでいた。

「……遅過ぎた」

「え？」

「刑事を辞めるのが遅過ぎた。そう言うてるんや。許してくれ、安城」

その安城はどちらを指しているのだろうか。友市のことか、兄のことか……。

「あの時、辞めておくべきやった。すべてを明らかにして。けど、俺は……あの日を葬り去った」

友市は一つ頷き、橋詰の目を見つめた。

そう、橋詰は宮本とともに無言を貫き、諏訪部耕太郎には金を握らせた。錠前屋の怜奈には口を閉ざし、兄と同じ交番勤務だった成瀬には更に祝儀袋を渡して黙らせた。

そして沈黙の中、兄の事故は封印された。

「今更、何を言ったところで言い訳にしかならんのは承知の上や。安城、お前の好きなようにしてくれ。怒りに任せて殴ってもええ。俺を逮捕してもええ。自首して償えと言うんならそうする。お前の言う通りにする」

「——柴崎昌のように、ですか」

橋詰が一瞬、首を捻った。柴崎昌が誰か思い出せなかったらしい。

「あの三通の封書のように、橋詰さんを警察に突き出して僕の手柄にしろと。それが——橋詰さんなりの罪滅ぼしだと」

橋詰がまた上半身を折り、地面に片膝をついた。ひどく苦しそうだった。首の辺りに汗が滲んでいる。

「大丈夫ですか?」

「お前の目は忘れもせん」と、橋詰が唸るように言った。「七年前、七条署の廊下で見かけたすがるような悲しい目……俺はいつも、その目から避けるように隠れとった。お前が警察に入ったと知ってからは尚更や。お前が刑事になったんは、俺の罪と過去を追及するためやと分かってたからな。七年前のあの日を掘り起こすためやと」

橋詰は肩で呼吸しながら一気に語った。何を話すか予《あらかじ》め考えていたかのように饒舌《じょうぜつ》で、その様はあまりにも弱々しく、痛々しいものだった。

「俺は逃げ回った。お前と同じ所轄署にならんように。お前と顔を合わせんで済むように。俺はそれをずっと恐れとった……やのに、とうとう会《お》うてしもた。河原町署で。お前が安城の弟やいうことはすぐに気付いた。同じ目をしとったからな」

頭上から、三月の太陽が降り注ぐ。

頭が痺《しび》れ、何も考えることができなかった。あまりにも考えることが多かったせいだろう。友市はしばらくの間、坂を見上げながら穏やかな光を浴び続けた。

「兄の前で」と、友市は呟く。「兄の前で、あの日のことをきちんと告げてください」

「……それはできん」

「お願いします。それを見届けた上で、僕はあなたと話したい」

突然、橋詰が地面に突っ伏した。

「橋詰さん！」

友市は慌てて屈み、橋詰の上半身を抱きかかえた。

その脇腹が赤く染まっていた。

「橋詰さん、どうしたんですか⁉　この血は一体――」

「……宮本や」

橋詰が歯を食いしばりながら言った。

「え、宮本？　この傷、宮本にやられたんですか⁉」

友市は橋詰のシャツをめくり、患部にハンカチを押しつけた。刃物による刺し傷だった。まったく気付かなかった。あの苦しそうな表情は懺悔《ざんげ》や後悔によるものだけではなかったのだ。橋詰は坂の下に現れた時点で、既に脇腹に傷を負っていたのだ。

「この傷、いつからですか⁉　すぐに救急車を呼びます！」

「……待ってくれ」

橋詰が小さく遮る。

「しかし――」

「ええんや、俺のことは……すべては俺の責任や」

傷口に当てたハンカチが赤黒く染まっていく。

「俺は安城を守ってやれんかった……それどころか、消し去るような真似をした……最後の最後で……俺は決断を変えてしもた」

「橋詰さん……」

「信じろとは言わん……安城のこと、ほんまは隠すつもりなんかなかった。俺は初めから、あの事故の背景を公にするつもりやった……けど、宮本の言葉に惑わされてしもた。すべてを世間に晒《さら》したら、安城まで犯罪に加わってたように伝わってしまうってな……残念やが、その可能性は大いにあった。何より、宮本がそう証言しよる。そうなったら、安城本人の名誉が傷つくだけやない。お前も、お前の両親も苦しむことになる……宮本は笑いながらそう言いよった。いわば、脅しや……俺はそれに屈してしもた。安城の家族まで苦しませることはできん。そうなるくらいなら、すべてを隠蔽する方がましやってな……分かってる。分かってるんや。そんなもん、単なる言い訳やってことは。結局は保身やないかってな……ほんま、あほやった。俺自身が安城を巻き込んだくせに……」

　橋詰がゆっくりとまぶたを閉じる。

「駄目です、橋詰さん！」

　友市は激しくその体を揺さぶった。

「安城、これを……」

　橋詰がゆっくりと右手を開いた。

　そこには——血に濡れた鍵が一つあった。

「……８０１号室の鍵や」

「え⁉」

「諏訪部が京都を去る時、俺の名義に書き換えさせた……宮本に黙ってな。鍵も新しく交換した。中に入れるんは俺だけや……」

橋詰の呼吸が細くなっていく。

友市は携帯電話を取り出し、救急車を要請した。

「聞け、安城……801号室に……宮本と諏訪部を放り込んである」

「——何ですって⁉」

「七年越しのけじめや……お前からのメッセージを聞いて、今日、二人をあの部屋に来させた。無理矢理にな……諏訪部はもう観念しとる。あの時、金をやって黙らせたけど、内心、ずっと怯えとったらしいわ。いつかこの日がくるって分かっとったんやろな。俺と宮本から逃げられんってな。説得するまでもなかったわ……けど、宮本は違う」

橋詰が微かに目を開いた。が、その焦点はまるで合っていなかった。

「あいつは最後の最後まで抵抗しよった……だから、今度は俺が宮本を脅して、801号室に来させた。あの部屋に証拠を残してある。今度こそ二人で共倒れやと怒鳴りつけてやった……大麻草は全部枯れとるけど、あの部屋は当時のままや。宮本から吸い上げた金も置いてある。俺が当時使っとった携帯電話もや。そこに宮本との会話がいくつか録音してある」

「……橋詰さん」

「宮本も、もう言い逃れはできん。今頃、体を縛られたまま、あの部屋で這いずり回っとるやろ。猿ぐつわもかましてやったから、叫ぶこともできん……この脇腹、その時にやられたんや……あのあほ、ええ根性しとる。この期に及んでも、自分が可愛いんやと……ほんま、俺と一緒やな」

「もうすぐ救急車がきます。もうすぐです！」

「安城……宮本と諏訪部に手錠をかけろ。お前の手で……黒く染まってへん……お前の綺麗な手ですべてを明らかにしろ」

「橋詰さん、しっかり！」

「安城、すまんかった……でも、楽しかったわ、ほんまに」

橋詰が微笑んでいた。その笑顔と最後の言葉は、間違いなく兄に向けられたものだった。

「橋詰さん！」

あらん限りの声で叫んだ。

だが——橋詰からはもう何も返ってこなかった。

友市は渡された鍵を見つめ、ぐっと握り締めた。しばらくの間、そうして全身を震わせ続けた。

どのくらい時間が経《た》ったろう。

五分？　いや、一分にも満たなかったかもしれない。

遠くから救急車のサイレンが聞こえ始めた。

友市はふらつきながら立ち上がり、坂の上を見上げた。そして、再び橋詰へと視線を下ろした。

大きく、深く息を吸う。

背筋を伸ばし、思いきり声を放つ。

「敬礼！」

両脇を締め、かかとを地面に打ちつけた。

力強い靴音が辺りに響く。

その音はきっと、兄のところまで届いているはずだった。

本書はフィクションであり、登場する人名、団体名などすべて架空のものであり、現実のものとは関係ありません。

Haruki Bunko
ハルキ文庫

い 25-3

沈黙《ちんもく》の誓《ちか》い crossing《クロッシング》

著者　池田久輝《いけだひさき》

2019年5月18日第一刷発行

発行者　角川春樹

発行所　株式会社角川春樹事務所
〒102-0074 東京都千代田区九段南2-1-30 イタリア文化会館

電話　03(3263)5247(編集)
03(3263)5881(営業)

印刷・製本　中央精版印刷株式会社

フォーマット・デザイン　芦澤泰偉
表紙イラストレーション　門坂 流

ISBN978-4-7584-4254-1 C0193 ©2019 Hisaki Ikeda Printed in Japan
http://www.kadokawaharuki.co.jp/[営業]
fanmail@kadokawaharuki.co.jp[編集]　ご意見・ご感想をお寄せください。